모습 없는 존재

공감에 묻다

모습 없는 존재

하진규 지음

모아북스
MOABOOKS

삶의 진실을 꿰뚫어 보는 또 하나의 눈을 위해

어떤 이들은 진실이 한 가지 모습이라고 생각합니다. 옳고 그름이란 때에 따라 변하는 것이 아니라 항상 불변하는 가치라고 말합니다. 과연 그럴까요?

필자는 결코 세상에 하나의 진실만 존재한다고 생각하지 않습니다. 보는 각도에 따라 다른 빛깔과 모양을 보여주는 프리즘처럼, 이 장구한 세계는 각자가 보는 시각에 따라 다른 진실을 보여주기도 합니다.

한 예로, 어떤 이에게는 가치 없는 것이 어떤 이들에게는 꼭 필요한 것일 수 있고, 어떤 이에게는 가치 있는 것이 어떤 이들에게는 스쳐가는 바람처럼 여겨질 수도 있습니다. 또 어떤 이에게는 절대적인 악인 것이 어떤 이에게는 어쩔 수 없는 선택일 수 있으며, 어떤 이의 선의가 막상 옳지 못한 결과로 나타나는 경우가 있습니다. 결국 세상에는 절대적으로 진실인 것도, 절대적으로 거짓인 것도 없는 셈입니다.

다시 말해 이 세상은 육체의 눈뿐만 아니라, 마음의 눈으로도 바라봐야 그 진가를 알 수 있으니, 인간의 삶이란 결국 각자의 진실을 찾아 충실히 살아갈 때 그 의미를 가지는 것입니다.

우리는 누구나 고통스럽다

그러나 나날이 힘겨워지는 현실 속에서 각자의 진실을 추구하는 우리 마음의 눈은 쉽사리 그 힘을 발휘하지 못합니다. 조용히 자신과 세상을 돌아볼 조금의 여유도 없이 나날이 밀려드는 힘겨운 과제들에 모든 에너지를 쏟아 부어야 하기 때문입니다.

기계도 오래 쓰면 잠시 멈춰 기름칠을 해주어야 하거늘, 단순한 기계 아닌 그 복잡한 인간의 몸과 마음을 오로지 일하고 돈 버는 데만 사용해야 하는 지금의 현실은 말 그대로 비인간화된 세상이라고 할 수 밖에요.

그러나 비인간화된 세상이라고 이 모두를 아무 비판이나 잣대 없이 바라보는 것 또한 위험한 일입니다. 돛이 제대로 서지 않은 배는 풍랑에 휩쓸리는 것처럼, 자신의 시각을 올곧게 유지하지 않는 사람은 풍파를 만날 때 충동적이고 잘못된 선택을 하기 쉬워집니다.

한편 자기 잣대를 세우는 것 또한 쉬운 일만은 아닙니다. 일상사 복작대며 살아가는 일에 우리를 상처 입히는 수많은 크고 작은 번민들이 어김없이 우리 앞을 가로막고 무릎을 꺾어버립니다. 세상천지 고통 없는 사람은 없다는 말처럼, 이런 번민은 많이 가진 자나 적게 가진 자나, 많이 배운 사람이나 그렇지 않은 사람이나 모두에게 공통된 것입니다.

특히 고통의 수위가 높은 상황에 놓인 사람일수록 영적이고 풍부한 삶을 살겠다고 결심하는 것은 사치처럼 느껴질 수도 있습니다. 심지어 이런 이야기를 남들에게 쉽사리 했다가는 어설픈 도인 취급을 받기 십상이지요.

철학은 구체적인 삶 속에서 피어난다

한때 스리랑카의 빠알리불교대학에서 불교사회철학을 공부했습니다. 이 분야를 잘 모르는 이들에게 불교철학이란 이른바 뜬구름 잡는 일처럼 느껴지기도 하나 봅니다. 그러나 모든 공부가 그렇듯이 파고들수록 그 안에는 치열한 싸움과 인내가 존재합니다. 불교철학이라 하여 원리가 없는 것은 아니며, 오히려 거기에는 엄격한 규칙이 존재합니다. 나아가 그 느슨한 듯 보이면서도 엄격한 원리를 삶 속에서 실천하기 위해서는 이 모두를 철저히 공부하고 규칙화하여 체화하고 내면화하는 힘겨운 노력이 존재할 수밖에 없는 것입니다. 다만 공부하며 필자가 느꼈던 바를 구구절절 말하는 것은 큰 의미가 없으므로, 한 가지 사실만을 밝히자면, 결국 어떤 철학이건 삶과 세상을 바라보는 시선에 영향을 미치지 않는다면 죽은 철학과 같다는 점입니다.

필자는 불교철학을 공부한 뒤부터 오히려 세상을 더 치열하게 살게 되었다고 말하곤 합니다. 학업을 마친 이후 의약품 영업을 하고, 건축사 사무실에 근무했고, 그 결과 박물관 유물 연출과 관련된 마케팅 및 도서관 시설 컨텐츠 구축 작업에까지 몸담게 되었습니다.

불교철학 하면 떠오르는 명상은커녕 하루하루 눈 코 뜰 새 없이 달려온 몇 십 년이었지요. 혹자들은 이런 독특한 이력을 신기해 하지만, 이런 선택을 내릴 수 있었던 것은 오히려 오랜 공부의 결과라고 할 수 있습니다. 삶의 진실이란 막연한 이론이 아닌 행동하고 움직이며 땀 흘리는 와중에 얻어지는 것임을 혹독한 공부 속에서 깨달았기 때문입니다.

여러분의 삶은 어떻습니까?

여기서 잠시, 여러분의 삶은 어떠신지 묻고 싶습니다. 부유하지 않아도, 명예롭지 않아도, 자신과 자기 삶을 사랑하는 사람은 영적인 삶을 살아가는 것과 다름없습니다. 똑똑하고 지적인 것이 아무리 좋다 한들, 가까운 사람을 이해하고, 그들의 삶을 들여다보며, 공감하고 나누는 것만큼 훌륭한 철학은 없는 것입니다.

그런 의미에서, 이처럼 힘겨운 시대에 우리가 기댈 수 있는 유일한 보루가 있다면 바로 책과 문학입니다. 타인의 경험을 건너다보며 나를 거기에 대입하며 공감해가는 것을 문학적 용어로 하면 '추체험'이라고 합니다. 공감하는 이야기를 만났을 때 무릎을 치고, 주인공의 슬픔에 함께 울며, 주인공이 악과 맞서 싸울 때 함께 주먹을 불끈 쥐는 것, 이 모든 것이 바로 문학을 통한 추체험의 일부라 할 수 있습니다. 이런 추체험은 우리의 경험과 인식을 넓혀 다른 이들의 삶을 배려하고 이해할 수 있는 공감의 능력을 길러주며, 어려움에 부딪쳤을 때 해결해 나갈 내면의 힘을 길러줍니다.

필자가 여러 직업을 전전하면서도 단 한 가지 시와 문학, 그리고 다양한 책들에 기대는 일만큼은 게으르지 않았던 것도 그 때문입니다.

작고 아름다운 것들에 바치는 헌사

처음부터 '시'를 쓰겠다는 마음으로 이 작품집을 시작한 것은 아닙니다. 그저 필자가 살면서 겪은 이야기들을 나만의 진실로 복기하고자 하는 것이 처음의 목적이었다고 해야 할 것 같습니다.

읽고 나신 뒤에는 알겠지만, 이 책에 어려운 이론 같은 건 존재하지 않습니다. 우리 주변에서 늘 찾아볼 수 있는 평범한 이들의 슬프고 아련한 이야기, 눈을 뜨면 마주치는 시대의 부조리와 그것을 비판하는 시선, 동시에 아름답고 작은 것들을 놓치지 않으려는 꾸준한 노력이 이 책의 골격을 형성하고 있으니까요.

나아가 이 책의 구절들은 '시'인 동시에 '산문'이라고도 할 수 있을 것입니다. 시가 어떤 영감에서 얻어지는 것이라면, 이 책의 시들은 영감뿐만 아니라 필자가 지나온 삶의 구체적인 조건 속에서 나온 것들입니다.

이 과정에서 제가 건져 올린 가장 큰 소득은 하나, 삶은 진정으로 뭔가를 구하고자 하는 이에게는 반드시 그것을 선사한다는 것입니다. 비단 물질적인 것만이 아니라도, 삶을 풍부하게 살고 조금이라도 세상을 좋은 쪽으로 변화시키겠다고 마음먹은 이들에게, 삶은 반드시 그 길을 보여줍니다.

보다 나은 세상을 꿈꾸며

　이 책은 총 8장으로 구성되어 있습니다. 1장은 정치학, 2장은 예술학, 3장은 인류학, 4장은 경제학, 5장은 국문학, 6장은 지리학, 7장은 국제학, 8장은 역사학으로 편성되어 있습니다. 각 장마다 그 주제에 걸맞은 필자의 관심사는 물론, 그간 스쳐 지나갔던 크고 작은 삶의 이야기들을 만나볼 수 있습니다. 오랫동안 써온 글들을 정리하면서 많은 생각이 들었습니다. 한결같이 승자로 살아갈 수 없는 것이 우리네 삶이라지만, 자신이 겪어온 체험을 구체적으로 형상화할 수 있는 기회를 만날 수가 있다면, 그것이 설사 쓰라린 삶이라 한들 그것은 승리한 것과 다름없지 않을까 하는 생각이었습니다.

　이 책을 읽으신 분들이 책을 통해 비단 필자의 생각뿐만 아니라, 여러분이 살아가고 있는 시대를 인식하고, 세상이 좀 더 나아지도록 바랄 수 있게 된다면, 그것이야말로 제일 큰 소득일 것입니다.

하진규 씀

제 2 장

예술학

제 3 장

인류학

제 4 장

경제학

제 5 장

국문학

제 6 장

지리학

제 7 장

국제학

제 8 장

역사학

제 1 장

정치학

고조선 누룩

●

형태
익을 대로 익었다
썩을 대로 썩었다
갈 때 까지 갔으나 향(響)이 없다
부생이라도 있으련만
도대체
죽었나
어떻나
괜찮나
염려마라
고조선
곰팡이 슬었다 피었다 되살아났다
반만년 혼과 얼이 숨 쉬고 있었다
이렇게
곱다

푸른 곰팡이

역사는 한 치의 오차도 없이

●

가진 놈(者)의 놀이터에 1막 6장이 있다
봤나
봤다
역사는 한 치의 오차도 없이
놈(者)의 놀이터에 1막 6장은 2막 5장에서 등장할 각본
이다

아는 놈(者)의 모르쇠에 3막 4장이 있다
알았나
알았다
역사는 한 치의 오차도 없이
놈(者)의 모르쇠에 3막 4장은 4막 3장에서 밝혀낼 진실
이다

배운 놈(者)의 칼자루에 5막 2장이 있다
정말이가

정말이다
역사는 한 치의 오차도 없이
놈(者)의 칼자루에 5막 2장은 6막 1장에서 옷 벗고 떠난다

인류의 역사를 체크하라 이것이 미래다

한편의 드라마를 보다

●

원님
원님을 따라다닌다고 다 원님은 아니다

1단은
일번인 네가 원님의 지시를 받아서 뭔가를 확실히 한번만
해보라는 것이다
그리고 원님 행차 시 다만, 나팔은 불 수 있다
단, 가사는 몰라도 곡조는 분명히 알아야 한다
그런데 문제는 여기서 야기된다
그놈에 것
정말인 즉은
원님이 출타 중이거나 안 보이면
돌변
때는 이때다

내 청춘 보상에 최적의 따스한 온도 운운하면서 인마가 윗대 조상님 빽도 없이 원님 고마운 줄 모르고 원님보다도 더 위아래 없이 청춘의 물건으로 둔갑하여 야바이꾼 비스무리한 행각쇠 마구잡이로 지 꼴 가관

게다가 나팔을 그럴사도 아닌 웬걸 쥐뿔, 나중에는 박자 관계없이 지 박자에 지가 원님의 법이 되어 민초 죽이는 줄도 모르고 시도 때도 없이 북 치고 장구 치며, 주야불문 1인 8역으로 나팔을 불어 대니

2단은
이것은 아니다 일번이 너무 심했다
각본에도 없는 일번의 경거망동한 행위는 심히 민폐만 초래할 뿐 기이 타버린 망행을 거두고저 부득이 공연다운 공연을 위하여 한편의 드라마를 만들어 보았다 혹여 이점 실례는 아닌지, 기왕지사 할 바에는 인류사 대서특필에 준한, 원님 네 퍼포먼스답게, 민초의 심금을 아우르는 애환과 생노병사고를 함께 나누는 사실적 장르, 내용인 즉은 인간으로서의 인간 냄새, 사람으로서 사람의 향내가 나는 범인류적 인간성을 지닌 인간, 그들 사람들과의 인간적 만남이 요는 주된 테마이다

3단은
3장인 것을 새롭게 8장으로 구성하였으니

4단은
사필귀정 (事必歸正)이라

5단은
오로지 채찍으로만 작품을 평가해 주시길 빈다

이때, 드디어 원님 등장
근엄한 일갈을 내지른다

6단은
6졸의 역할이 이번 공연의 히어로 캐스팅됨을 진심으로
축하한다
자, 악수 한번 하자 먹자 때리자 화이팅
공연은 삶이다 관객과 함께 울고 웃는 가운데 흥을 나누
는 삶의 과정이다
만전에 만전을 기하라
흐름을 중시하라
민중의 눈빛은 싸늘하디 무섭다

무슨 말인지 알겠는가

예 원님

됐다

예 원님

취타수

정위치

예 원님

자 자 자

이때다

날라리를 불어라

예 원님

날나리를 붑니다

불어라

레디

액션

무대에 막이 서서히 오른다

총천연색 드라마스코우프 하진규원작
ㅂ ㅇ느 ㄴ ㄱㅎㅁㅇㅅㅇ ㅍㅍㅁㅅ

비 오는 날 광화문에서의
퍼포먼스

●

시나위가 흐른다
광화문이다
여인
순수색의 한 여인이 순백색의 긴 천으로 춤을 춘다
무엇 때문, 누구를 위한

살풀이다
살풀이춤, 춤을 춘다
달도 없고 별도 없는 칠흑 같은 야밤 속 광화문

대지의 디딤새
한발 한발 버선코 하늘을 향할 제
긴 천 얼르며 어깨춤에 고운 손
가냘프디 어여쁘다
휘이

휘
춤 사위
접고
감고
돌고 돌아서
민족의 9,000年 한을 펼친다
맺힘의 한
민족의 9,000年 사랑을 펼친다

놓아라
놓아라
맺힘이다
살풀이다
저 맵시 잘 볼거나
갈지 자 앉음의 짓
천이 떨어졌다
9,000年 한의 절정이다

우리에게
사랑은 완성도 한(恨)이었고 미완도 한(恨)이었다

이어 여인의 춤은 간절한 언어가 되었다
풀림이다

가거라

恨이여

가다오

恨이여

머뭄없이 가소서

절박하다

절박하다

하늘이여

한강이여

여기

예 백의민족의 恨

너그러히

거두시어

너그러히

풀어주소서

베풀어주소서

온몸에 비가 젖어든다
9,000年 역사가 씻겨든다
7,000萬 민족이 모여든다

명무(名舞)의 무아(無我)
이루었다
인왕
삼각
쌍을

9,000年 민족이 광화문에
7,000萬 민족이 광화문에 새긴다
봉황이다

민족의 문
광화문
시나위가 흐른다

공갈

●

아쌀하게 공갈 한번 딱 쳤다
인간적으로 본의 아니게, 솔직한 얘기로, 있는 그대로,
툭 터놓고 말해서
한번 잘 해보려고 했는데
그 양반 말씀으로는 엄청 큰 죄라나 올 때는 남들이 큰
차로 모서오고 갈 때는 피붙이 있다고 그냥 가란다

꽈아앙 꽝
정문 통과 소리에 들고 있던 봉다리 놓고 한숨 쉬며 돌
아보았더니
저 전망대 저이도 양반 체질인가
아무튼 죄지은
심사
참회의 여지로
가슴 쓰다듬고
무심

우러러 본 하늘
그것 참 묘하이
하늘
그 때 올 때나 지금 갈 때나 저 하늘은 매양 그대로의 하
늘이 아닌가
나만 별것도 아닌 밝고 어둠의 차이를 비켜서지 못하고서

한편
무심한 것은 나만을 위한, 나에게 면죄부를 줄 나만의
스페셜 인물 하나 안 보였다
그간 비자금 준 것으로 영치금 사식 넣어 준 일 없고 위
로 차 면회 오는 이, 한명 없었다
오로지 못 믿을
공갈사
메모리 칩 다 비우고 깨끗이 가리다
흰 두부 먹고 노란 바가지 밟고 추후 공갈사 부근에는
얼씬도 하지 않으리라

이때
하늘
뭐 얼씬

공갈도 예술이더냐
아니다
절대적이다
한번이면 족 하다

농부의 한

●

살 처분 순간
농부 왈

차라리 나를 죽이시오
난 저놈들을 죽일 하등 이유 권한이 없소
나의 가족이요
인간이 가족을 해하다니 가장 못난 짓이 아닌가

왜 생매장을 당하여야 하는가
가축 왈

이것으로 인간의 역할은 끝났다 끝내자
차라리 우리가 무참히 죽어나갈 때 깨끗이 사표를 쓰라
내용은 인간이 우리를 적절하게 배반하였다고 적어라
첨삭은 생명을 사랑하지 않았다고 외치리다

음메
꿀꿀꿀
꽥꽥
꼬끼요

뒤뚱 거리며

갑과 을

●

갑(甲)이 갖은 낭패와 죽을 고비 끝에 을(乙)을 만들었다
문자와 화폐
있는 것 없는 것
온갖 잡동사니
여러모로 불편함이 없도록 모순까지 때깔나게

드디어
때가 되니 을이 보이지 않던 속내를 드러낸다
감히 을이 이율배반으로 갑을 해하려 들다니
각골난망이 배은망덕 4자성어가 되었구나
어디 붙어보자
네놈을 그냥
정구죽천 격 가소(可笑)롭지만
많이 컸다
만만치 않다

이때, 제도는 어떻게 해야 하는가 최선의 방책이 있다면
갑인가
을인가

문제에 답이 없으면

        I

        문제가 잘못인가

        II

        답 없음이 잘못인가

        III

        답 없음이 답인가

        IV

        아님 실없이 하는 일인가

그대는 어떤 옷을 입고 있는가, 지금

●

인간의 속까지 이간질하는 거추장스런 옷 따위는
필요치 않다
공간의 껍질
의상
언제부터인가 형식은 점점 내용이 되어간다

잃었다

근원의 실체
평등
도타운 천 퇴색치 않은 인간 본연의 옷
이것, 평화의 옷, 사랑의 옷을 지어 입을 지이다
지금

시궁창

●

없었다

이것은 인간이 만들어낸 그것이다
질벅질벅한 곳
수채
오만 잡찌꺼기의 결정체
횅함이 흘러온다
이 또한 없었다면
나 역시 없으려니
역겨움
이것이 있기에 잣대를 갖다 댄다
미추

인간
있었다

타부

•

의식의 흐름이 멈추어 섰다

다시
팔닥거린다
갖은 마음의 파편
조각들이 이어졌다
응고된 맥은 서서히 뛰고
역류성으로 전환된 피
새로이
솟구친다

외마디
흘림
부정탄다
저리가라

훨
훨
불의 춤

지리한 시각이다
한바탕 신접을 부른다
안개가 그치운다
하늘을 보았다
무언의 몸짓이다
무엇인가와의 직시

무엇일까
신의 소유
아님
인간 두뇌의 산실
이 또한 금기시 되어야 하는가

타부

논객유감

•

보수
오만가지 언사와 행동이 낮아 천하다고
그러시는 댁은 깨끗한 투명인간이신가
살다보니
형식이 잡류요
처음부터
내용이 잡놈인 이는 아무도 없다오

진보
누군가는 구차스레 살고 싶어 살았겠소
연약한
미물 한 마리 죽인 일 없고
나약한
인간 한 사람 미워한 일 없소
아무도 안 보는 곳에서 적선도 하고 있소

논객

동(同)류와 화(和)놈이

원적은 같으나

뒷 글자 현주소는 분명 틀리지 않겠으리요

제 **2** 장

예술학

그 여자를
이렇게
만든
이

●

오늘도
숱한여인을간음했소
나도모르게오가며그
뿐인가
애무도하였고그윽이
만져도보았소
그어둑침침한곳은밀
한곳까지다가보았소
한순간이지났기에독
한술로잠이들었소
오늘그다음은모르오

캉캉춤과 물레방아

●

휘황찬란한 무대의 불은 꺼져버렸다
관객 주연 엑스트라 스텝
모두 가버린
지금 이 무대의 실체는 누구인가,

쓸데없이 허황된 소리하고 있네

사느냐 죽느냐 하는 판국이다
눈으로 겨우 꿈직 거려
마침내 되살아난
지금 이 모습의 실체는 누구인가,

살아서 활동하면 됐지 무슨 실체는

가고 오고 있고 없고 옳고 그른
이것을

여원
지금 이 마음의 실체는 누구인가,

결론은 나다 왜

나

아
스쳐간
아
스쳐간 윤회에

나 아닌 나를 심고 나를 찾았구나,

꽃잎

●

(눈,귀,코,혀,몸,뜻과 색,소리,향,맛,촉,법을 연계하여 꽃
잎을 생성시켰으나 표현이 상처라는 꽃잎의 꾸짖음이
있었으니)

Ⅰ. 나는 꽃잎을 속성으로

　　　　보다 (눈)
　　　　순수,
　　　　곱디 고은 색이여 (色) 형상이라

　　　　듣다 (귀)
　　　　순수,
　　　　맑디 맑은 소리여 (聲) 환희여라

　　　　맡다 (코)
　　　　순수,
　　　　옅디 옅은 향이여 (香) 운치이다

알다 (혀)
순수,
깊디 깊은 맛이여 (味) 감성이라

닿다 (몸)
순수,
곧디 곧은 촉이여 (觸) 섭리여라

펴다 (뜻)
순수,
높디 높은 법이여 (法) 이상이다

II. 꽃잎은 나를 본성으로

쉿,
숨도 멈추어라 너는

쉿,
표현이 상처라 지금

쉿,
조신조신(操身) 나에게서 돌아서라

불놀이

●

너는
시간가는 줄 모르고 몰입지경이 되기까지에
생각 여부는 자체를 부정하고
다만 이치만을 빠르게 늦게 드물게 하는

너
생로병사(生老病死)를 당하게끔 하였고
우비고뇌(憂悲苦惱)로 얽메이게 하였으며
희로애락(喜怒哀樂)에 끄달리게 하였다

너
1에서 12의 회전 위치에
만유현상이 다 들어 있어도 형이상, 이하
알려고 하지도 않았고 알 필요성도 없었다

너

하나의 길에 3개의 원리로
진행 방향 시, 분, 초에서
너만의 속삭임, 피는 꽃, 불놀이를 한다

너
역시 너 였구나
현재 지금 여기에서
왜 인간을 죽였는가, 왜 심미학을 태웠는가

너

판소리

●

기가 막힌다 어찌 저러한 하늘, 인간, 6마당에 나의
소리가 있으랴

천둥번개
산허리를 들배지기 치듯 내리꽂는 우주 놀음의 웃음에서
개미
여울목 건너 개울가를 뽈뽈뽈 지나치기까지의 대장정을
섬진강은 보았다

소리
동편제
중고제
서편제

판을 펼치는 소리
있었다

꼬르르 배고픈 자식들 흥부 생사의 흐느낌이 들리니
효녀 심청 갸륵한 마음 그 뉘 알리요 인당수에 몸을 던지다
남원 골 오리정 정별 후 일장서 올곧은 춘향 절개의 사랑가
그 잘난 조조 화룡도에 놀란 가슴
별주부 뜻에 토끼간의 팔딱거림을 쓸어안고
변강쇠, 만사 철철 넘침이 모자람보다 못함을 해학으로 펼
쳤다

들을 지다

휘어 휘어
굽디 굽은
사랑과 귀곡
정에 굶주려 저리고 보고자파 한이 맺혀 쓰리고 사무치다
곰삭다
군상(群像)
애절타
죽어야 나오는가

인간 소리
득음을 얻다

하늘
어화둥둥
고저장단

인간
궁 탁탁
맺고 끊어

나
얼쑤

봄날 들녘 모를 심으니 녹음방초 가을걷이에 낙엽이 웬
말인고
펄
펄
겨울날 해질녘 낙목한천 인간광야에 백설이 쏟아진다
이어진다
판소리

하늘 소리, 인간 소리, 나의 소리

그러나

●

어제 같은 전설을 기억으로 전 하리다

서라벌 산간벽촌 외딴 허름한 집터
솔거
무엇이 지지리 지지리 어려워
닳은 호미, 땅에다 그림을 새긴다
큰 스승 가르침 받음이 무엇이랴
감천
땅에 새겼던 일심
심화(心畵)였다

솔거여
너 곧 스승, 너 즉 신화(神畵)이거늘
무엇을 새기려 하는가
여기
화필 심심히 받잡고

신화의 자연적 조화 무심 빛 노송을 그린다

꺼칠 꺼칠
터실 터실 도타운 무늬층
솔 껍질

미려한 용
굽은 듯 비틀린 듯 곧은 체
높은 상

깊이 패인 옹이 흔적 이끼마저 끼었구나
작아지듯 낮아지듯 가지가지 사이
운해가 풍아를 덧칠 하니 솔잎 높낮음 해인을 향한다

봉덕사 범종소리
노송도(老松圖)
완전함을 천지에 고(告)함에
그 뜻 올곧게 불국사에 내려지다

솔거
짙은 솔내음새 노송도를 그리듯 찾았네

뭇 사람 우러러 쳐다봄이 실지 같아
과연
신화의 노송도라
때마침 이것이 무슨 조화인가
훨훨 두루미 날고
미물 날개 짓들 어미 품 인양
좋아라
푸드덕
푸드덕 날아드니
그러나
와르르
예가 서라벌 지금껏 그 서라벌이 아니었던가

노송
푸르름의 빛 만고(萬古)에 발하니
불변 역동의 생명체
울울창창(鬱鬱蒼蒼)
그 후예
끝없는 인류애를 화폭에 담는다

술거여

몇 천추가 불가사의
이 전설(傳說)을 기억으로 전하리

그러나

금빛물결(가사)

●

I 절
명사십리 금빛물결위 갈매기 나직이 날을 때
저마치 멍텅대구리배 깃발 날리며
내고향 포구로 돌아온다네

바다멀리 아버님심정 오징어 불빛이 비칠 때
저마치 읍내리극장에 영사기 소리
달빛도 교교히 머무렀다네

II 절
늦가을날 미추사뒷뜰 고얌이 알아리 익을 때
저마치 길거리장사에 어머님 모습
그마음 오직 자식뿐이라네

달밝은밤 깊은산마루 봉황이 대지를 깨칠 때
저마치 산내리학교에 글공부 소리
해조음 금빛 춤을추었다네

배호 형 보고 싶다

●

음악의 파급 효과는 크다

아명은 배금만
배호
배호 형이다
황하 유역 독립운동가 집안에서 태어나 넓은 대지를 보며
자란 배호 형은 조국의 현대화 과정에서 서민의 애환을 흥
건히 적셔 주었던 금세기 최고의 보컬 뮤지션이었다

주테마
향수를 기점으로
연인 · 이별 · 사랑 · 추억 · 상처 · 고독 · 순정 · 운명 · 원
망 · 눈물 · 고백 · 맹세 · 배신 · 기다림 · 아쉬움 · 후회 ·
회귀 · 비 · 철새 · 길 · 정 · 고향 · 사나이 그리고 못 잊음
이 못 잊음의 가슴은 타향의 가슴이 되었고 타향의 가슴은
님의 품이 너무나도 그리웠다 님의 품은 나의 마음, 서민

의 가슴, 고향의 품이 되었다

꾸밈없이 지니고 있는 인간의 이성적 감성을 듣는 이로 하여금 가식 없이 인간 내면 깊숙이 잦아들게 하는 정, 향수를 인간의 정으로 귀결되게끔 하였다

길(土)
뒷 골목길, 경부고속 천리 길, 내 고향 비탈진 산길, 황소 타고 가는 황토 길을 거쳐 기약 없고 정처 없는 구비 구비 인생길에
비마저

비(水)
얄궂은 비
소리 없이 하염없이 추적추적 마냥 내리는 비
길과 비를 인간적으로 연계함에 있어서는 민족의 앞날을 위한 예지력까지 엿보였다

완벽한 5대 하모니
감히 흉내 낼 수 없는 타고난 발음 ㄹ과 가느리 들리는 드럼채끝 닿음에서 나오는 호소력은 틀림없는 배호 형이다

시대 규합에 적합한 가사와 독특한 음색
삶의 저류에 흐르는 마이너스 3옥타브는 배호 형이 틀림
없다로 재확인된다

비를 부르면 비
사랑을 부르면 사랑
민족의 시대가 여실히 요구했던

떠남의 혼
1,000년 소리
그 1,000년 인류를 향한 인간의 소리 어디 어디메 있는가

나를 버리고 떠나갈 때 당신은 좋았지만 나는 괴로웠다
사랑도 미움도 다 버리고 외로운 이 마음 잡지 못해 울면
서 울면서 너를 못 잊어서
못 잊어서 운다, 사나이 값비싼 눈물, 아빠 품에서

배호 형 보고 싶다
지금도변함없이사랑할수있다면사랑은하나님의목소리기
다리겠어요
마지막잎새영시의이별조용한이별굿바이

이순간이지나면돌아오지않는밤잊을수없는연인목련화역
에선가로등
찾아온서울거리비내리는밤길울면서떠나리무엇하려왔을
까위자료

배호 형 보고 싶다, 인간적으로
애타는사나이오늘은고백한다돌아오라그날까지는죄많은
밤비여
내몸에손대지말라잃어버린세월향수그이름
배호
또 다른 이름,
형

그림

●

젖먹이 아이 벽에다 동그라미를 그린다 삐뚫다
낙서
계속 그린다

여럿날 밥을 먹었다

동네어귀
동그라미를 굴린다
신기하게도 재밌다
계속 굴려본다
왜 굴러가지
ㅁ ㅅ은 안 굴러가는데

한참 후 집으로 들어온다
엄마
공이 자꾸 밑으로 굴러가 힘들어

알았다
그 엄마 힘들게 중력은 알았으니
부력은 쉬이 설하다
그래
공은
물에서도 서 있고 새처럼 날아 갈 수도 있단다

아하
고 녀석 웃다

예스터데이 드림(악보)

●

I 절
너와 나는 친구다 너와 나는 친구다 너와 나는 친구다 탱고 탱고 탱고 탱고 탱고
어릴적 부터였지 블루스 블루스 블루스 마이너스 마이너스 마이너스

뒷동산 버꾸기 벗삼아 노랠 불렀고 잘도 아는 칸쵸네 샹숑 내리 제켜도 보았지
강원도 바다 뜨거운 햇살 아래 그놈 고래 고래 고래 고래 숨 쉬며 꿈꾸고 그렇게 공부하며 살아왔었지

저기 초구꼴 소풍 갔을 때 사이다 한 병으로 힘껏 배를 채우고 집으로 돌아와 버프링 버프링 반복하는 전축 틀어놓고시리 둘만의 막춤도 추었었지 그때 야전 보고 싶어 샴바 샴바 샴바 청춘에 낭만은 그때부터였나 보다 왈츠 왈츠 왈츠

Ⅱ절
너와 나는 친구다 너와 나는 친구다 너와 나는 친구다 탱
고 탱고 탱고 탱고 탱고
어릴적 부터였지 스윙 스윙 스윙 플러스 플러스 플러스

태백선 석탄가루 날리는 막칸을 타고서 터널 한번 빠져 보
니 자동분장 탤런트 스타 그랑프리 깜 우리는 니그로 오오
오 솔레미오 같은 클래식 클래식 클래식 니그로우 켄터키
옛 친구
너와 나는 친구다 너와 나는 친구다 너와 나는 친구다 탱
고 탱고 탱고 탱고 탱고
어릴적 부터였지 재즈 재즈 재즈 플러스 플러스 플러스 친구

나의 삶에 명장면

•

창겸 고수 정철호
고수겸 창 이용길

연전 어느 해 여름날 13시경 서대문구 홍제동 정철호 선
생 자택에 조용히 초대된 객은 판소리계의 독보적 존재인
임방울의 적벽부 편을 새로운 시각으로 관람하게 되었다

가경이 가경할
산전수전
연륜이 판소리

적벽대전에서 패한 조조와 군사들의 심적 갈등을

일획의 비바람에 용호의 다툼이 귓전에서
일획의 호흡에 두 분의 형제애 나눔이 마음으로
일획의 느림에 진양조 장단이 만가지로 다시

일획의 빠름에 휘모리로 어우러지는 민중의 비탄 소리

판소리 진수의 묘성
천하의 소리는 1창겸 1고수라
정철호
이용길
두 분 인격의 예술성은 선계에서 펼쳐지는 인간계의 조화
판소리 화음의 극치였다

쾌지나 칭칭 나네

●

I

쾌지나 칭칭 나네

와이래 좋노

서울땅

처용이

밤늦도록 노니다가 실쩍 지집으로 들어와 보니

휘영청 휘이 영청

백주 달빛 아래

얼씨구

이 무슨 변고인가

열처리가 않되네

못 볼 것을 보았나

크게 웃다

2x2=4 틀림없네 그랴 숫자는 맞지만 2개는 어디로

그놈

2개

열처리 방법은 뭐가 있나
육하원칙에 따라서
가자
독립문으로

II
2개
2골
어떻게 하랴
들고차랴
무거우니 그냥 놓고 차랴
에라이 시 쯧 때려차라
때레라
빨리차라
뭐하노 빨리 넣라
잡아 쳐 넣기만 하면 된다
시끄럽다 그게 쉽게 되나

안 보인다
비케라
찼다

빛의 속도

단박 통과

지각 변동

무슨일이 우타 우타 우타 되었나 그물망도 사라졌다

초토화

눈 깜짝 사이

2골

골인

꼴인

꼬레

꼬레

빅토리

빅토리 부이 아이 씨 티 오 알 와이

해외에 계시는 동포 여러분 마음 푹 놓고 기뻐 하십시요

난리

환호

임시 국경일 확정 2일

워매 참말로 워어매 참말로

고곳이 당연한 것 이지랴

맞다카이

하모

내래 광화문 덩거덩에 불이 두번 번뜩 봤디비
이것이 하늘의 뜻인 게 비유
본선진출
쾌지나 칭칭나네
와이래 좋노
얼씨구
꼬레의 새벽 처용이 폭삭 속았수다

무대 없는 리허설

S# 1231엔딩부문 - 태황, 전리품 면류관을 쓰다

●

I

뼈 마디마디 살 한 점 한 점 도려내는 피 묻힌 역사의 양날

위에서

회한의 통곡을 삼킨 자, 외면한 채

세기의 정복자 옷을 입은 자 그 위인은 누구인가

하늘인가

그렇다

하늘이 바로 나다 (다음)

보라

저

태양의 빛 (두 번 더 빛 빛)

인류의 빛

자유의 빛

이것이 바로 성스런 면류관의 힘인가 (면류관 빨리 쓰라)

아니다

오오호호 (제발 그 좀 웃지 말고)
빛이여 (손으로 자연스레)
영원한 진리여 (다시 한 번)
영원한 진리여 (면류관이 박살나도록 힘껏 때그장치고)
나 (한 번 더 빛)
나의 빛
진리의 길을 가련다
나서라 (크게)
가자 (전체적 분위기)
와 - (조명, 진리의 행진곡) (F.O)

II
박수칠 힘도 없다
대본이 좀 촌스럽지만 대사만 좀 다듬으면 되겠다

글구
저 면류관 소품류 단디 챙겨라
한국의 새벽을 여는 건설 현장 최고실무자 김학송과 건축
감리의 일인자 강명식 그리고 신항로 제주의 앞날을 위하
여 불철주야 뛰고 있는 박제현의 도움으로 초등학교 친구
가 운영하는 왕십리 재신풀무소에서 이관호 대장장이가

한 달간 고심 다금질 끝에 완성한 작품들이다

아직 잔금 좀 남았다
이들 모두 인간 승리다
이번에 티켓은 좀 많이 갖다 드려라
우리가 단, 여유 재정은 없지마는 단, 밥은 많이씩 먹어라

대작은 말이 없고 다만 눈물의 힘만 있을 뿐이다
셰익스피어는 가고 없어도 그 정신 우리가 아닌가

웃자, 힘내자, 차돌같이 똘똘 뭉치여 작품을 완성시키자,
정말 엄청스레 고맙다, 내 무릎을 꿇겠다, 무대없는 리허
설 너희들 앞에서

라스트 씬

●

중학교2학년때 강원도명주군묵호읍진리문화극장에서
닥터지바고영화를보고 명화감상과제물을 이제야 제출
합니다

문화사 조진현 선생님께

(쟝르)
공간의 점 하나에서의 만남

달빛이 얼고 먼데서 늑대 우는 소리가 들린다
생의 허실이 침식된 시각
의상은 무수히 벗기어진다

(테마)
안과 밖

숱한 계절의 가버림인가

부질없이 번뇌가 웃는다
여명이 오고 여인이 온다

(스놉시스)
자연의 수태자
나상
미학의 파이어니어
순수
신화적 거룩함이 완벽한 산실을 잉태하는 대 하모니
진선미(眞善美)
이것은 신세기를 무수히도 훔쳤다
차디찬 이성의 눈
사랑의 빛으로

(라스트 씬)
이때
유리된 지바고는 금발의 여인 라라를 보았다
격정
희열로

순간

처절히
벅찬
멈춤의 겁
종생기(終生記)

모뉴머티컬 에피타프
(1890년 2월 10일 - 1960년 5월 30일)
시인, 닥터 지바고
인간을 사랑하다

(리메이커)
모퉁이를 돌아서 가야만 하는 저 비정한 시나리오
또 다른 이
나
나를 찾아서
숱한 고독의 계절, 시공간에는 아무것도 없었다
허무
보이듯
지나감
스치듯
없음을

깨치어

지금에 머문다

음률의 흐름은 대설원에 그림처럼 유토피아를 그렸다

인간

라라

앤

지바고

사랑의 빛으로

자작나무 여린 가지에 잎이 지다

열림이 있다
태초의 문, 하늘의 문, 희열의 문,
희생의 문, 신비의 문, 존엄의 문,
태양의 빛으로
대지의 힘으로
관조의 잉태를 알리는 문
생명의 실체를 알리는 문
닫힘이 없다
완벽

제 3 장

인류학

인류의 첫날밤

●

프롤로그 (량데뷰) 사랑을 위한 예술은 인류를 위한 예술

순교적 밤
인류의 밤
첫날밤
밤을 두드리다

백의로 가리워진 앞가슴
지금껏 멍에를 벗고
풋풋한 살 내음 길게 드리울 제
은밀한 처녀성 이렇게 도타울 수 있을까
가냘픈 율동 쑥스러움으로 묘함을 부르는

우주의 심포니
불후
탄성

첫 장

열림이 있다
태초의 문, 하늘의 문, 희열의 문,
희생의 문, 신비의 문, 존엄의 문,
태양의 빛으로
대지의 힘으로
관조의 잉태를 알리는 문
생명의 실체를 알리는 문
닫힘이 없다
완벽

위대한 인류의 영원한 탄생 전야제
첫날밤
밤이 깊어간다

에필로그 (아모레) 인류를 위한 예술은 우주를 위한 사랑

헤겔어록을 발췌하다

●

정반합 원리 자연의 순리를 접하고
법철학 종교 이전 사물을 관철하다

이성은 시대사적 사상을 초월하여
관념을 논변하고 실체를 보이다

진리의 영원함
미학의 총체여
헤겔은 접하다
돈오에 몰하다

비로소 헤겔어록을 발췌하다
기어코 게오르크 빌헤름 프리드리히 헤겔을 변증하다

디오게네스

●

I

노예 생활마저 거친 무소유의 철학자 디오게네스가 웃통
을 벗고 한가로이 통나무 속에서 힐링 일광욕을 즐기고 있
을 때 세계를 정복한 알렉산더 대왕이 찾아왔다
평소 그는 디오게네스의 현인다움을 엄청시리도 흠모한
터라 꼭 찾아뵙고 싶었다
드디어
태양을 등진 대왕은 디오게네스에게
위대한 현인이시여 진정코 현인께서 원하신다면 저의 전
재산 절반이라도 기꺼이 드리겠소

        대왕, 받으심이 어떠하오
        철인, 쥐뿔
            그 그 그 햇빛 좀 막지 마시오
            그것 뿐이요
            글구, 가봐

II
자, 그러면
실제 대왕이 햇빛을 가리지 않고 비켜서 말을 하였다면 디
오게네스는 어떤 명언을 또 던졌을까
만약 우리가 그때의 디오게네스였다면 무슨 말을 하였을까
이 점, 철학의 묘미

종로5가 조전행

●

변함없다
겸손하다
깊다
물과 같이

삶이 황폐해지고 인간이 사나워지는 중심에서
나를 찾듯 일깨운다
말없는 배려 미소까지

으스름한 달빛 아래 마신 말통 막걸리
서로 거나하니

號(호)를 하나 지어 올리리다
천지가 내 마음인데

그러니 더 더욱 지녀야 하오
무엇이요

천지가 내 마음이라 길 또한 걷기 위함이니
도평리(道平理)가 어떻소

감솨
술 익는 곳곳이 길이고 백성이 풍년 평안허니
모두가 도평리 아니겠오
그 이름하야 태평성대라
우리 한번 같이 크게 웃읍시다
,
,

입었던 옷을 길가에 놓는다
누군가 입겠거니
지갑도 필요없네

도평리
물이 깊게 흐를 때

별빛이 곱다
구름이 달을 만나다
변함없는 벗 훌륭한 스승 일져

탈레스

●

철학의 아버지라 불리우는 탈레스가 밤길을 걷다 웅덩이에
빠졌다 다행이 길 가던 이의 도움으로 그곳을 빠져 나왔다
도움을 주던 이는 심히 놀란 표정을 지으며

　　아니 철학, 천문학의 대가이신 탈레스 옹께서 웅덩이에
　　빠지시다뇨
　　누구나 빠질 수가 있소
　　천체를 연구하다보니 그만 나도 모르게 빠졌소

　　다치진 않으셨죠
　　옷을 툭툭 털면서, 괜찮소이다
　　발아래 일도 모르시면서 머리 위를 연구하시다니
　　눈앞의 길, 지금 가고 있는 길을 잘 보셔야죠

머리 위의 일도 중요하지만 발아래 지금 걷고 있는 길이 더
중요하다는 당시 그리스인들의 생활사를 들춰보다

출석부

●

최준극
또
결석

당일치기 가빠리 오징어잡이 배가 대화퇴로 올라갔다
입학 초, 물 날린 짝제기 교련복을 입고서
태산같은 파도 속
소금기 절인 나침반에만 의지
집을 나선 인간 탱크
문제는 생활고
리북 아바이 몸 져 누우시고 줄줄이 어린 동생들
시장으로 갔다
다리 끝에서 채소 두서너 가지 늘어놓은 어머니 알고 있다
내가 낳은 자식인데 모를 리가 변함없는 너희들 너들을 믿
는다

부모 팔아 친구를 산다며 꼬깃 낡은 지폐를 꺼내셨다

이 한잔이
나의 발목을 지금껏 잡았소

●

아이가 태어났다
아들이다
고추다
며칠 후
불완전
온몸을 허우적거리며 가누질 못한다

머리가 하얗게
몇 날 며칠 밤
부자유
앞날이 현실이다
그 소용돌이 속 아내는 귀여워 얼른다
내 새끼라고 무려 25년간 수족이 되었다
눈 한번 마주쳐 보는 것이 소원이라던 아내

갔다
홀연히
그놈이
그간 폐만 끼쳐 죄송하다며 미소 떠운 채
천진스러히 갔다

형님
그놈 간지가 일 년이라
그놈과 한잔 하고 있소
잘했다
아우야
형님
그놈에
이 한잔이, 나의 발목을 지금껏 잡았소

눈물 속에 빵

●

눈물 속에 빵
고것은 감정이라도 이입 되지라

고향 땅 떠나 허벌나게 곡괭이 삽질과 포커레인 바가지에
허리 뚝 뿐질러져 부리고 발모가지 질질 끌 때

깨복쟁이 지교에게 수소문 끝 연락이 닿았다며 비보가 와
부렸어
추석을 며칠 앞 둔 날

나만 믿고 사시었던 엄니
엄니의 급사 소식을 접허고

모가지만 용산역 서성이며 호랑 털어본 깨로
단돈 몇 푼 쐬주 값도 없더라고

고향땅 밟음 고곳이 무엇이지랴
환장 허겄네 이것이 무슨 일이다

불쌍한 엄니
못난 놈 잘못이 커요
나가 엄니 새끼마진가라
엄니

선창가 여인

●

여인이 운다
파도가 운다
하늘이 운다

가슴이 없다
사랑이 없다
이웃이 없다
대지가 없다

나는 운다
너는 없다
왜
없기에
등에 업힌 갓난 것 웃고 있다

뱃머리 여인

동강의 눈물

●

영월
터미널 2층 커피 다방
마음씨 고운 김씨 성 충청도 처희
객지 생활 10년에 부지런히 돈 모아
고향땅 집도 사고 동생들 대학도 보내고 나니

어언 시집
시집갈 나이가 되었다
언니의 중매로 설레는 마음 차분히 세 분께 얼굴을 보였다
버젓한 공무원
듬직한 회사원
과수원 큰아들
부모님 모두 새 아씨 대하듯 손도 잡고 머리도 쓰다듬고
어머니가 잘 키워줘서 고맙다며 껴안고 뺨에 얼굴을 부볐
다
식기 전 커피 많이 먹고

시집 빨리 오라기에
이런 날이 있구나
너무 좋아 나도 모르게 손은 가슴으로 눈은 저절로 감겼다

떴다
불현듯 기억이
나를 잊었나
숨 가픈 차 배달
여기저기에서 그만 순정을 놓고 말았다
일말의 거리낌
몇 번 망설임
차마 입이 떨어지지 않는 사실을 숨기기에는 안타까워
수줍은 인사로 대하고서
터덜
터덜
발걸음 힘없이 돌아와 밤새껏 뒤척이니 베개가 적시어졌
다
새벽녘이다
밖으로 나갔다

강 건너

첫닭울이 소리가 어렴풋 들리었다
장닭

날듯 뛰듯
빠알간 볏을 치켜 흔들며 부리로 모이를 쪼듯 덤벼든다
어떻게 하나
피하면
안되지
나에게도 할 일이 많다
나
살아야지

아침을 맞는다
어제의 커피, 시집 빨리 오라던 커피가 여태 뜨겁다
눈물이 난다
엄마가 보고 싶어
어서 오세요
아침볕에 잦아드는 동강의 눈물

이렇게 하면
가정법원 문을 닫을까

●

1막

둘이서 하나 뿐 인양

결국 막 오른 혼례식

집안에 어르신 양가 부모 형제 일가 친인척 이웃사촌 바쁘
고 바쁜 숱한 사람들 연출도 모자라 있고 없는 출연금까지
갹출하고 구름타고 8·15 독립 만세 부르고 양가 부모 큰
절 올리며 케익 자르고 폐백을 올리니 기분 좋다

골수 같은 주례사 만고강산 그러려니 하고서 깡통 달린 차
신혼지로 달린다

2막

신혼여행

보이지 않던 성격 차이에 패물까지 들먹거려 연이은 주벽
도벽 바람벽 무능력 무기력 그 잘난 유산에 조상님 뫼시기
는 뒷전이 아니라 아예 안보여

이 모든 것 6 · 25 사변이 겉으로 드러난 원인이지
실제론 성격비교 패물비교 능력비교 등등비교
귀가 얇아 주변 돌아보니 되도 않은 비교가 죄라 둘의 삶
에 왜 그들과 비교 하는가 좋은 점만 배워야지

3막
인생 시작
귀하디 귀한 내 새끼는 어떻게 하리요 에라이 지들만 살자
구 입이 쓴 것이 아니라 말이 쓴지고 이 글마저 관두고 싶
소 두고두고 인내한 마음 어디가나 나이 들면 길이 길이
남을 것을
속 뒤집혀도 글은 적어야지
찰나의 삶은 나뭇잎의 흔들림에도 못 미치니
못난 인생 선배 한 말씀만 고옥 꼭 들어 보오
노트에 적어도 되고 인증샷도 좋고
어언 이놈은 좋아서 사냐구
정말이다
이혼한 집 자식은 그렇다는 옛말도 있지만 하는 일도 안
되어 보인다

4막
인간은 누구나 고유적 특성을 지니고 천재적인 예술성을
타고 나는 법이어

예술은 탑을 쌓아가듯
때로는 비바람 맞을 수도 있고 똥통에 빠질 수도 있고
때로는 망망대해를 혼자 노 젓는 것 같아도 하늘이 있기에
해·달·별 볼 수 있듯 혼례를 하였는 바 단 하루를 살 맞
대고 살아도 밉던 곱던 사랑스런 아내가 있다
서로가 조금만 참아가며 다듬고 정성을 드려야 하는 것이
결혼이라
양보하고 이해하고 싫어도 보다듬어야 이것이 삶이고 천
생연분인 것을

5막
아름다운 사람들아 어찌 그럴 수가 있단 말이오
양쪽 얘기 구구절절 다 맞아
그토록 똑똑한 사람들이 너무 많이 알아서 너무 많이 배워
서 그런가
인생 최대의 도박 사기 보험이 결혼 아닌가 또 다른 행복
이혼으로 이것을 만회 시킬 수 있을까 지금 쬐고 있는 불

을 같이 활화산으로 만들어 보세

우리 삶
아차 삶
잠깐 삶이거늘
한번 맺은 그 마음 최소한 파뿌리 근처까지는 가야제
어려움을 함께 나누며 살아 보세
고생 끝에 보이는 건 낙(樂)이라고
어디 한번 같이 참고 살아 보세

그래서 그때 만나면 시원한 탁주나 한 사발 땡기고 포도주
도 넉넉히 나눔세
쇠주는 더 좋고 비로소 우리가 이렇게 살았다고 대화도 나
누고
그래야 우리 모두 꽃을 피우고 자자손손 열매를 거둔다네
그 때 우리 서로 부둥켜안고 맺힌 맘 한없이 풀고 이렇게
살았다 크게 웃자

6막
야 이눔아 이 미친놈아 네가 그렇게 똑똑 하다면 네가 내
심정 되어봐라 할지 모르겠으나 그것은 아닌 것이오 이 못

난 넘은 죽을 지경도 한참 지나 이 글 적으오 매일 매시 이
혼이요 한번만 더 깊이 생각해 보오

7막
정히 그러시다면
한 사람이라도 바보가 되어 인간적 대화를 나누어 보오

8막
그래도 도저히 못 참겠으면 극약 처방전 내리요
이혼 할 때도 결혼식 날 축하객, 돌아가신 분까지 모두 불
러 모신 다음에 이혼 함네
참
그때 적금 들어놓은 원금 복리이자 쳐서
그때 그 돈으로 돌려다오
그때 왕복시간까지 돌려주구려

9막
아름다운 사람들아 어찌 그럴 수가 있단 말이오
갈 때 까지 갔으면 돌아올 줄도 알아야지 여기서 인연의
끈 끈 끈 끈을 놓아 버린다면 100미터 번지점프 타는 기분
이 들어서 영 개운치가 않네

10막

웃자고 드리는 말씀이 아님을 분명히 밝혀드리면서 미워
도 다시 한 번이라 눈 지끈 감고 잡어 잡아라 놓치 말고
이렇게 하면 가정법원 문을 닫을까

유발아, 유발아

●

하루 종일 논 밭떼기 메고 석 박사 논문에 강의실 돌아서면
건너편 아버님 건강 가누시기 어떠하신지
중생위한 스님 길 만고풍상 다르다

아니나 다를까
순진무구 어린애
한번
할(喝)하면
하늘이 철길이 초목이 송두리 째 뽑혀도 초심은 그대로이다

봄날
샛별 도량석을 끝내고
세속에 머리가 길다며
유발아
유발아
아직 자냐 해가 중천이다

인생 절반 지나 황혼이다
예
예
예
몸이 좀 그렇습니다
그래 알았다
황혼도 갔다

심신의 부조화가 몸을 망친다
더운 물을 많이 먹어라
몸에 있는 보일러 온도를 잘 맞추어라

그리고
밥은 여러 곳에서 먹을지언정 배설만은 한곳에서 하자면서
자 들어가자고 뚝 끊는다
중생은 들어갔다

연꽃미소
作하시다
스님
유진

어머니의 옷

●

어머니가 빨래한 옷은 옷에 옷의 자가 뚜렷하다
衣
바람에 펄럭임이 어머니의 환한 얼굴 같아
입어도 때가 타지 않는다
옷에 구김이 없다
입을수록 편함을 느낀다

다림질의 선은 어머니가 걸어온 외길 같아
그 어떠한 명문 고관대작의 옷도 비교치 못하리
올곧은 선 볼수록 바르게 품격 있게 살라고

어머니가 손수 지어 주신 옷은 때때옷이다
입을 때 나의 가슴은
매일 새해, 한 가위 되어 큰 절을 올린다

어머니
옷을 그만 지을 때가 되었나 봅니다
아까워
장롱 깊숙이 챙겨놓으신 어머니의 옷
저희들이 숨죽여 깨끗이 다려 입혀 드릴 터오니
첫 나들이
아버님 뵈올 때 처녀 적 미소 한번만 지어보소서

자랑스러운 대한국인의 건아
청소년 젊은이에게 감히
고할지니 받아 지닐 지어이다

●

이 글은 계도가 아니다
호소도 권유도 아닌 인간적으로 부치어 전하는 글이다

말을 거는 것초자 싫어하는 요즈음 청소년의 태세
말을 거는 것조차 의심하는 것이 요즈음 젊은이의 대세라
고 봅니다
그리하여 어찌 큰일을 할 수 있으리요
그러나
건강하라
심신은 할 일이 많다네
님들을 위하여
필자
근자에 뒤돌아 보아하니 어릴 적 격언이 있었다오
대한의 건아들아
패기

패기를 지니라고
패기는 야망이다
상징적 야망이다
이 점 일축하면 도전을 하라는 것이다

I
도전
도전은 곧 젊다는 뜻
젊음만이 할 수 있는 것
신성불가침의 성문화된 청춘은 도전에서 시작된다
도전
이것은 자유다
순수한 자유다
자유는 모든 사물을 맑고 고르게 보기 때문이다
자유는 정의가 주는 진리이다
도전의 자유는 무한한 창조적 특권을 낳는다
왜
젊기에
님의 모든 가치관이 양질의 시간으로 리더하는 도전
여기에 또 하나의 필수

II

용기

세상의 모든 문은 용기에서 열린다

열어보라

문이 없는 것도 열어보라

벽도 문이다 라는 말이 있지 않는가

젊기에 열린다 열릴 수밖에 없다

용기를 길들여라

끝으로

III

지혜

두뇌가 아닌 활짝 열린 청춘과 젊음의 가슴

지혜

지혜는 젊음의 산실인 도전과 용기의 결과에 주어지는 것

이니 자축하라

누구나 공히 주어지는 것이 지혜이다

더 이상 부연의 설명과 가설 그리고 논거가 있으랴

정리하자

젊음의 패기, 패기는 도전, 도전은 용기, 용기는 지혜

젊음의 상징
도전은 실행하는 것
용기는 도전을 감행하는 것
지혜는 도전과 용기를 축적시키는 것
그리고
세상은 포용력이다
모든 것이 다 너의 것이다
세상을 다 포용하라
지금 무얼 하고 있는가
바로 도전을 실행하라, 용기 있게 감행하라, 이것이 지혜다
패기, 도전, 용기, 지혜의 대서사시

청춘의 법전은 누가 만들 것인가 청소년이여
젊음의 법전은 누가 만들 것인가 젊은이여
청푸른 법전은 누가 감수하느뇨 푸른 시인들이여
때는 지금이다

사랑스러운 님 자랑스러운 대한국인의 건아들아 간곡히
부탁하외다

제 4 장

경제학

보부상

●

하늘은 보고 있고 대지가 말이 없을 때
분신을 만들었다

쓰임을 찾아 나서다
먼 곳
바쁜 걸음 재촉하니 봇짐을 등짐으로 들쳐 메었다
인적 없는 오지 거쳐 생사를 넘나드는 사지를 넘다
보이다
닿은 곳
군집이 움직이는 장
펼쳤다
화폐를 든 이 만져본다 거래 전 흥정
더듬수를 놓는다
친절히 말하였다
결함을 짚어낸다
신용이 생명이다

5 대 5, 남겨야 사는데 겨우 본전치기다

하늘은 보고 있고 대지가 말이 없을 때
분신이 나섰다
그러나
기술본위

나도 고향이 광주요

●

비가 내린 뒤라 땅도 질벅하고 약간 을씨년스런 초겨울 밤
저녁
재개발 이면도로를 지날 무렵 누군가 인사를 나누고자 한다
그 모습 나와 다를 바 없으나 슬리퍼에 양말은 신지 않았
다는 점

인사를 나눈 다음
두 손을 내밀며 적선을 구한다
난처하다
책 뿐인 가방에 지폐는 없고 동전을 다 터니 한 끼 식사는
된다며
고맙다고

저어 실례지만 존함이 어떻게 되시는지
물었다
재철(在喆)입니다

고향은 상기와 같고 부모 형제 처자와 주변에는 걸림이
없다고 한다

오케이
재철 씨
그것 얼마나 행복하오
산수 전 다 겪고 몸 성하여 한 끼 걱정 뿐이니
지천에 못난 나보다 재철 씨가 몇 천배 더 행복하오
이런 말씀은 처음 듣는다며 재차 인사를 한다
아
아닙니다
재철
재철
빛 고을 땅에 재철 이라
재철 씨
제 말을 들어보시고
가까운 날 고향 부근으로 가서 자그마한 사찰을 찾아 가시오
그리고
불목한을 하시오

일점

깨끗하여 욕심이 없는 이다
염불이 제격이다
고개를 꺼덕인다
싱긋이 웃는다
서로 손을 모았다
양말 벗어 준들 맨발이 시원 하다고

나도 고향이 대구요

●

출장을 마친 서울역 가까이 접근하는 이가 있었다
노숙자에 가까웠다

형님
돈 있으면 한 만원만
여기 있다
급히 꺼내다 보니 여러 장이 같이 딸려 나온다

형님
한 장만 더 주면 안 되나요
안 되겠다
그 만원 도로 다오

아
아닙니다
만원

고맙습니다

돈 든 손이 떨린다
돈 잡아 넣어라

너는 고향이 어디고
대굽니다
엇 대구
명태도 아니고 대구

너 잘 됐다
팔공산 줄기 낙동강 굽이 우리는 명예로운 대구의 시민
달구벌가
대구시민의 노래를 아는가
압니다
바로 그거다

아우야
내 말 좀 들어봐라

자고로 사나이는 명예로 살고 여인은 자존심 하나로 몸을

지탱한다고

그런 명예로운 대구의 시민이 서울역에서 천하가
두 쪽뿐인 나한테
그래 니나 내나 배알이 맞으니 다 접고 나하고 약속하자
두 번 다시 명예로운 이가 서울역에서 한 장만 더 하고
인사 나누는 일이 없도록
예
형님 시키는 대로 하겠습니다

그 시간 이후 아우는 보이지 않았다

지팡이

●

누구는 노숙자가 되고 싶어 되었나
엄청시리 열심히 산 죄 밖에 없거늘
일팔육(一八六) 육두문자에 이태백 삼오정 사사오입 오륙
하고 칠팔십 팔구허니 오매불망 가족이라
그때는 경향 각지 도처 역에 사람 냄새 살다웠건만
이제는 인간미 떠난 지가 오래
풍찬노숙, 인생사 역마살에 고초가 끼여 심신이 편치 않다

잘 봐라
한때 우리는 조국 근대화 초석이라고 뼈 빠지게 일한 적도
있다

그래도
내 조국에 문제가 생기는 날이면 잘 되어야 할 터인데 걱
정도 하였다
각종 세계사 경기가 있는 날이면 술도 안 처 먹고 열심히

응원했다

무조건 대한민국을 죽으나 사나
무조건 대한민국이 이겨야 된다고
무조건 대한민국만 응원했다

그 다음은 나 대한민국 노숙자
구걸의 철면피로 담배 한 개피, 두 손 내밀며 한푼만 적선
주십쇼 호소하니
초록색 쐬주 한 병에 취하여 햇볕 속 소리치며 방뇨까지
노숙자인 내가 생각해도 우스워이
대한민국 관문 서울역과 국보1호 숭례문이 옆에 있어 내
가 자랑스러움은 아닐 진데
지은 죄가 실패라

가고 싶다
가족 곁으로
본래의 내가 아니야
본래의 내가 너무 약해졌어
삶을 포기까지 하다니
누군가 개새끼라 하더만

웃었다
타성에 젖어 이곳에 안주하니 한글을 사용하는 나를 짐승
에 비교 하는가
일어서야겠다
한 발짝이라도
나 스스로 걷고 싶다

왜 비굴히 구걸을 하고 방뇨를 하며 술을 끊임없이 먹었을
까 아니야 이것은 아니야 태어나면서부터 노숙자는 아니
지 않는가
일어서야지 걸어야 된다
노숙자
나에겐 이런 말 따윈 필요 없어
이곳에 안주하면 짐승보다 못함을 골수에 다진다
걸을 수가 있다

지팡이
지팡이

자린고비

●

W는 강남에 숨은 재산가이나 자린고비파다
X는 강북에 중학교 수학 선생이다

두 녀석들 승강이가 벌어졌다
포장마차에서
평소에 감정이 케케묵은 유감으로 이어진다

X 왈
자린고비야, 너보다는 내가 부자다
너는 가난하다
베풀지 않기에

궁리 끝
W 왈
수학 선생, 무슨 말을 그렇게 하냐
섭섭하게

연간 내는 세금이 얼마인데

그 틈새를 보다 못한 성질 급한 회사원 친구

Y 왈
일어서면서
돈, 있는 만큼 건방지다
끝내라
너희들이 계산에는 귀재일지 모르겠다만
술값을 지불하는 내가 진짜 갑부다, 지금

시장터

●

팔도에서 다 모인
우리 오마니 아바디부터 아지매 아제 아우 여동생까지 이
름 높은 개성 마산 상인 안성 맞춤 유기 펄펄뛰는 고래괴
기돔배기 남해죽방멸치 서해세발낙지박대 여수돌산갓김
치 벌교꼬막 태안조개 보성녹차 울릉도독도출신의 오징
어돌문어 함경도명촌에 태서방명태 흑산도홍어에 강진만
홍탁 연평도꽃게에서 법성포굴비 마라도은갈치 임진강민
물참게 가평잣 간월도어리굴젓 동해곰치국 의성마늘 경
주찰보리 황남빵 북한산고사리 지리산두릅나물 한라산오
름채소 없는것은 없다함이 부족허다

말씨
인심이 구수하고 사투리가 정겨워이
천안호두과자 속초아바이순대 이천쌀 충무김밥 마산아구
찜 대구막창 나주곰탕 고흥갯장어에 고창풍천장어라 완
도전복 횡성한우 봉평모밀 제주도흑도야지 포항물회 영
덕대게 기장미역 강릉초당두부 경산 대추 공주정안밤에

성주참외 상주곶감 금산풍기인삼 의정부부대찌개 술익는
마을 안동소주에 간고등어 무등산수박까지 부산어묵자갈
치 아지매회집에 동래파전 질손가 전주비빔밥 수원왕갈
비 춘천닭갈비 동서남북에 없다함이 부족하여 진주라 천
리길에 냉면한사발 구수한수육 빠지면 섭섭하다 장충동
족발에 신당동떡볶기라 잘 팔린다 맛나네 상표

솜씨
닭발에 막걸리 맛은 팔도가락으로 이어져 흥겨움은 애환
이 된다
신라의 달밤은 목포의 눈물이라
그이의 목소리 어디에서 들을까 일편단심 민들레 태평양
건너 이민 간 친구의 사랑가 구성진 이야기에 점심을 나누
고 막내아들 용돈 준 보람이 세계 기능대회에서 묵직한 월
드 금을 받아 왔다나
지방 상고 나와 은행 들어갔다는 손주와 큰 아들 로울수클
에 판검사 되고 포목상 둘째 딸 한의사 되었다나 이 정도
는 대성한 것이고
김씨네 필리핀 며느리 맞아 손주 봤다는 얘기 윤씨네는 우
즈베키스탄 며느리 잘 두어 바이칼 호수 구경가자 누구네
삼촌은 그 효자가 처 잃고 술로 보내 드리만 조용히 갔다
는 얘기

맵씨

여편네 바람난 정도에서 자식늠 각종 사고 친 부모 심정
이야기 서민의 인간사 축소판 모처럼 가보는 노래방에 추
풍령 시작으로 내레 오마니 그리워 한곡 하갔시오 피양 아
지메 두곡에 목포의 설움 세곡에 목을 타라 메고 등이 휠
것 같은 4곡에 맥주를 시키는 수선 집 맵시
선거철이 다가온다
끼리끼리 열심히 밀어야지 더 가관이다
얼굴인가 기호이다 그것이 맵시다 깨끗히 피어라 민주의
꽃 빠짐없이 투표하세

맘씨

환한 백열전등 갓 아래 희뿌연 담배연기를 삼키는 노가다
팀 퇴근 팀 연인 팀 아저씨 팀 대목 보름장사에 대학생 등
록금 마련에 허리가 휘어진다
격의 없이하는 얘기 이웃 흉을 보아도 돌아서면 잊고 가격
이 좋고 인정이 모인 곳 오늘도 하루를 파하고 아침을 맞
는다 서민은 서민이라 결코 흉금을 아우르는 곳, 이곳을
떠나지 않으리
우리라도 똘똘 뭉치여 옛 시장 인심 버리지 마세 우리가
언제부터 남이가 진짜다

잘 살아도 일시 못 살아도 우리네 인심사 이렇게라도 열심히 생업에 부지런히 푸념도 나누고 어쩜 시장은 내 고향 종가집 앞마당 뒷 뜰에 잔칫날 같아 들어오는 정에 나가는 씀씀이 한 백년이 멀손가

여기 이거 송이 다 주세요
우리 영감 좋아하던 산적꺼리 만들게 기젯사 이틀 후 추석도 쉐게
단정한 용모의 선비님이 마나님 몰려 순대국에 물 탄 쇠주 젊잖게 자시던 것이 엊그제 같은디 벌써 그날 이라요
송이 값이 심심찮게 비싸
여기 있지라
향 짙은 잘생긴 요놈 하나 더 너어소 이

단골
어제도 오시더니 오늘도 오시군요 내일도 오시면 얼마나 좋을까
매사 감사 맛나게 드시고 웃고 사세요 실비제공이라고 써 붙인 시장터 식당의 옛적 글귀 휘갈긴 글씨체가 구수한 맛깔체로 입맛을 돋운다
오늘의 시장터 우리네 정이 따박 따박 우리네 은행 적금같이 쌓인다

이것이 책이다

●

나의 작업장에서 생산되는 품목은 없는 것이 없다
다 있다
돈 사랑 친구도 술 담배 시 그림 음악 마돈나도
다 있다
다 오라
같이 나눠먹자
불로초도 있다

나의 작업장에는 모든 것을 다 채울 수가 있다
넉넉히
우수마발 재벌도 거지 황제도
청춘에 늙음
동서고금에 노론 소론 필두로

호랑이 담배피고 장기바둑 두던 곳에서

구한말 거처 현대 우주사까지 물리로 다 채웠다

더 채울 것이 있는가

없네

후유

좀 쉬자 10분간만

이제사

만듦과 채움을 자세히 훑어보며 그 속으로 들어갔다

그래

맞다

이것이구나

이것은 내 것이 아니구나

나로 인한 만듦과 채움이 없구나

무얼 한다고 세상 알음알이 짓거리에 다 도적질 뿐

이 몸뚱아리 누굴 빌려 태어났으며

훌륭한 가르침 누굴 빌려 익혔던고

내 것

나를 끄집어낸다

괘씸한 지고 네 이 고얀 놈을

당장 휴식 끝이다

맡은 바 일이나 열심히 해

날개 짓
풀벌레 한 마리 바삐 움직인다
형광 불빛 아래 머문 지 몇 시간째
어리고 여린 몸짓
위로 향한 더듬이 닿는 곳 사붓이 절대곤충
나를 찾은 까닭 말해 보렴
어미를 찾는가
길을 잃었는가
어디가 아픈가
먹이를 찾는가

제 5 장

국문학

저 달이 나를 유혹(誘惑)하고

●

무서워이
분칠(粉-)도 아니한 저것이 나에게 이토록 요염(妖艶)의
서정(抒情)을 보이는가
그것도 석월(夕月)이라
야심(夜深)할수록 중산(中山)마루를 기어이 비집고 기어
올라
삼라(森羅) 온 미물(微物)
심지어(甚至於) 나의 속 꼬챙이까지 들추어내는 작태(作態)
혀가 없음에도 언어(言語)를 무작위(無作爲)로 표(表)하는
우주(宇宙)의 대걸작(大傑作)
한 물건(物件)
저놈이 나를 유혹(誘惑)하다니
나를
나를
아스라
아스라

아스라 어찌 나 뿐이리

고래(古來)로 성인군자(聖人君子) 벗 인양 무던히도 괴롭히더니만

마침내

너의 본(本) 모습 처녀적(處女的) 월삭(月朔) 초승(初月)으로 소름끼치듯 안기어

가는 곳곳

요리조리

마디마디

시시각각(時時刻刻)

파고들어

추호(秋毫) 흠집(欠)없이 가져 가는가

나의 혼(魂)을

얼음장 같은 예리(銳利)한 칼날의 빛으로

시뻘건 대낮

억고(億古) 인적(人跡) 닿지 않는 광활지(廣闊地)나 원시림(原始林), 서사(敍事)의 사막(沙漠)위에서

감히(敢一)

만월(滿月)을 칭(稱)하여 포용(包容)까지 적나라(赤裸裸)히 무시무종(無始無終) 비추었다

고맙다

야속(野俗)하리 만큼 고맙다

과연(果然)

그럴까

아니다

유혹(誘惑)이다

나에게 있어서는 일점(一點) 유혹(誘惑)이다

틀림없다

네 놈이 나에게 무슨 억하심정(抑何心情)의 연유(緣由)가
있어 노골적(露骨的)으로 유혹(誘惑)하는가

무릇 나로 인(因)하여 혼돈회귀(混沌回歸)하는 호리지차
(毫釐之次)가 있었더냐

여기까지가 꽃에 관한 전제이다

●

처음 보는 아낙이 며칠째 꽃을 접는다
초등학교 정문 옆에서
그리 많은 색은 아니다
흰 파랑 노랑 빨강으로
꽃을 잘 만들지는 못 하여도, 모양새
줄깃대, 가지, 잎
꽃의 형태임에는 반듯하다
쪼로록 아이들이 모여든다
쥐어줘도 아이는 받질 않는다
떨어진 꽃
주섬주섬 흙을 털어내며 웃고
자신과 주절주절 나누는, 생김새
독백
고독의 꽃
쯧
쯧

쯧
오가는 이들 처다본다
어디가 부족한가 미쳤다는 이와 꽃만 접는 이
그녀
순간
아이가 없어졌다
꽃을 챙긴다
학교가 없어졌다
꽃을 챙긴다
간다
왔던 길로 아이와 함께
그래도
미련
뒤 돌아 피식 웃는다
다시
간다
갔다
그녀 왜 꽃을 심었을까 나에게로
여기까지가 꽃에 관한 전제이다

불나비

●

계절이 온 길목, 외진, 모퉁이 불꽃 향연이 볼만하다
그놈 하나, 하나
그놈들
모양이야 각양각색의 그럴싸한 주역들
크지도 작지도 않는 범주가 잔자라한 리듬의 운율을 탄다

곡예사다
태양의 연출을 빌렸다
바쁘이

비행사, 우주의 연출, 별을 보았다, 도킹하라
기관사, 대지의 연출, 길을 찾았다, 질주하라
항해사, 바다의 연출, 배를 띄웠다, 출항하라

그 와중(渦中)
뒤질세라

천일야화(千一夜話)
무녀(舞女)
순간에서 영원의 주제 황제와의 사랑을 거침없이 낚아챈
다
무덤덤한 체온에 분장의 금빛 가루를 날리며
둔탁한 현실의 날개 짓에 파닥거리는 가슴팍
의상은 붉다

찰나
던지고 뛰어들다
무엇이 아까우랴
의당
나의 삶 바르다
무엇이 두려우랴
어제, 내일도 없는
이 밤 극적 기류 속 희생을 각(覺)하고 얻고자 함은
모른다
끝났다
돌아오지 않는 불 불 불나비

잡초

●

그놈
지지 밟고 태워도 땅에 대한 정이 깊어
고개를 치민다 봄이면
깃털

그놈
거친 바람 척박함 속에 섭취가 부족해도
본바탕이 질겨 환희의 여름을 맞고
몸체

그놈
가을빛 엽록소 비록 볕이 적을지라도
자연의 일부
너희들이 싫으면 떠나리 순응을 향한
꼬리

그놈
눈 자욱

마소 바퀴에 겨우 내 상처 간직한 채
기다렸다 이날을
의리

그놈
불치의 쓰임을 향하여 가는 날 까지
살아가야 할 사실적 근거가 따로 있었다
침묵

그놈
바람 속 이놈들을 날려 보낸다
절규

이놈들
대지 방향으로 DNA는 뿔뿔이 흩어졌다
생존

이놈들
그놈의 마침을 이었다 출생을 필하였다
실체

하물며

창밖 추풍에 오동잎 떨어질 제

●

날개 짓
풀벌레 한 마리 바삐 움직인다
형광 불빛 아래 머문 지 몇 시간째
어리고 여린 몸짓
위로 향한 더듬이 닿는 곳 사붓이 절대곤충
나를 찾은 까닭 말해 보렴
어미를 찾는가
길을 잃었는가
어디가 아픈가
먹이를 찾는가

이것
인연이라
내 너의 깊은 심사 못 들으니
인간 언어 있다 한들 쓸모가 없구나

너나

각기

굳이

곤충

인간

그 사이

창밖 추풍에 오동잎 떨어질 제 너는 가더라

너 없는 나

앗

가을

회색나비

●

흰
검정도 아닌 결정체
회색나비
하늘을 나른다
얼마나 갔을까
얼마나 갔을까
갔을까
회색 삶을 찾아서
무한 공간 속으로
날아간다
날아간다
너의 곁으로

어제의 이별이
오늘의 또 다른 만남으로
멈출 수 없는 본능

날개 짓
공간을 수놓고
공간을 채워도
그것은 그대로 일 뿐
나만의 외로운
날개 짓
너에게로 날아간다
회색빛
이제는 머물고 싶다
너의 곁에서

폐허와 장미

●

한마음 무너짐이 허무요
없음이 폐허요
보임이 미소요
한마음 깨어남이 삶이다

허무의 혼이여
너를 태워라
폐허의 잔재여
잡초같이 일어나서
사자같이 걸어라

폐허야 할 수 있다
아직은 실낱같은
맥박이 뛰고 있거늘
비참함의 주검을
수차례 하였거늘

무엇인들 못 하겠냐

폐허야 너야말로 삶이다
폐허야 너야말로 장미다

이유없다

●

녹초가 되어 버린 나
점점 자신을 잃어가고 있을 때
그나마 보였던 귀의지 오간데 없이 사라지고
여기가 귀의지로 판단
늪이다
얽힘으로
나 아닌 객이 되어 버린 나
그 객은 또 다른 객이 되어
늪에서 무엇을 찾고 부추겨 즐길까 볼꺼나

무심결
전광석화의 꾸짖음

나를 찾는 소리
멈춰라
너

너

너

이유없다

지금 무얼 하고 있는가

늪에서의 깨침

나를 찾다

나

적정 (寂靜)

●

포구에 눈이 온다 고향이 와 닿는다
소리를 지른다
뭐가 그렇게 좋은가
마구 뛰고 달리는 철없는 강아지
눈이 보이지 않아 좋은가

외양간 보물1호
여물 없는 되새김에 큰 눈만 껌벅 껌벅
눈 속 바람을 보았나
다 큰 녀석 덕석을 껴 입으니 장가 갈 때가 되었나
꼬리총이 지몸을 제가 턴다

길을 묻는 이가 있었다
우리 어무이를 할머니라 불렀다
홑수건 쓴 허리 흰
시집올 적 백합 같다던 어무이

제주댁
해 걸음 마른 솔잎 저녁을 짓는다
따스히 누굴 드리려고
김 서리 모락모락 어쩜 눈과 같을까
올라가고 내려옴이 사뭇 다를까
중간에 소식은 전할까

신작로
인기척 없고 종점 막차 끊기니 동네상점 불을 끊다
겨울 눈바람 높나직 창문을 흔든다
포구는 자는가

산위 등댓불 눈으로 가려질 때
텅
텅
터 엉
간간히 들리는 뱃길소리

어무이
귀를 기울인다
험한 뱃길 아버지 진지상 국이 식을사

기다리다
옅은 잠
어무이 고향
제주에도 눈이 오는가
손에 쥔 뱃길 아버지 라듸오약을 스르르 놓았다

포구에 눈이 쌓인다
사립문이 서 있다

밀물과 썰물 나와의 관계법
잦감 그리고
(의좋은 세 벗이 밀물 썰물 만들어 놓았으니)

●

온다
온다
스며든다
나에게로 스며든다
우주의 원리
대 섭리
만 어족 거느리고
쏴악
쏴악

간다
간다
나에게서 가는가
저 해가 뜨려면

저 달이 질려면
자연의 소산
수평선 가득
쏴악
쏴악

만남
떠남
하나 됨이
어찌
인간사 회자정리
이 밀물 저 썰물 나와의 관계법 잦감 그리고
귓전에 머문다
쏴악
쏴악
쏴악

(태양, 지구, 달, 세 벗이 만든 우주의 희유작에 지구인의
한 사람으로서 높은 뜻을 기리면서)

네가 죽느냐 내가 죽느냐 우리는

어떻게 살아가나

달 아래

대지 위

사막 한 가운데

우리는 어떻게 살아가나

살아야 되는데

살아야 되는데

너도 살고 나도 살아 왔던 것이

한 곬 길 우리의 몫 이였다

제 6 장

지리학

오아시스

•

나의 국가는 오아시스
시도구군읍면동리 모두가 오아시스

일터가
오아시스다
집이
오아시스다
사람이
오아시스다

공간의 점 하나에서의 서국(序國)
금수강산 오아시스 국가 대한민국

고래의 꿈

•

Ⅰ 그랑프리
어릴 적 고향땅 끝자락 바닷가 사랏끝에서 여러 마리가 움
직여
캡틴이라는 두목 놈은 감독만 할 뿐 보기가 무척 어려워
그래도 봤다
막내 외삼촌 고랫배 타고
고래
일단, 크다
무지막지하게
섬이 움직이는 모습에 숨 쉼이 한번 울면 코끼리 울음은
저리가라다
육중히 매끄러운 몸체를 들어낼 때 뿜어내는 물기둥이 가
히 봄직하다

이 동해 바다 고래가 일본을 지나 태평양을 거쳐 그것, 바
로 그것을 제압하고 다시 남북극에서 미증유의 사건을 일

으켜 그랑프리를 먹는다

미정유 사끈 그냥부리 뿌리
그냥 쉽게 풀이 좀 해봐라
허 참, 나 참네
고래가 상 받는다는 얘기다
아
고래와 상장 얘기구나
야
상상만 해봐라
다음 편이 더 재밌다
진짜다
내일 모레 수요일 저녁때
우리 집으로 다 와라
숙제는 다 해놓고
고래 얘기 그때마저 끝내자
알았나
응
알았다
바쁘다
지금 엄마 심부름 가는 길이다

II 수요일 저녁
동네 아이들이 방안 가득 모였다
희미한 갓 전등 아래 까무잡잡한 녀석들이 한 놈의 입술만
벌려지길 기다리며 숨을 삼킨다
다왔나 다왔다 시작한다 고래 얘기하기 전

옛날 옛날 아주 먼 옛날에 어느 산골에 삼형제를 둔 아부
지가 있었는데 돌아가시기 직전에 삼형제를 모아놓고 유
언을 하였다

막내,
잠깐만 유엔 날은 노는 날이라 아는데 유은은 모르겠다
유은이 뭐꼬
희야 비슷한 말이가
야 임마 이래되면 이바구가 엄청 길어진다
너들 사촌 맞나
맞다
할배가 같은데 제사 때도 똑같이 모인다
막내야
유엔하고 유언 얘기하자면 지도책 펴 놓고 하루 이틀 삼일
은 걸린다

목이 탄다
물 한 그릇 떠와라
시원하다
옆에서, 쌀 사알 같은 말이다
그냥 넘어가자
그럼 다시 한다
막내야 유엔 얘기는 방학 때 해 주꾸마 니한테는 특별나게
일주일 내내 해주께
알았구마
그리고 현재 유엔 사무총장은 우탄트다 우탄트 이것 시험에
나온다
막내야 유언은 사람이 죽기 전에 심각하게 하는 말이다
됐제

어디까지 얘기 했노
삼형제 모아놓고 유엔 얘기까지
그래가지고 아부지가 돌아가셨다

말도 안 된다
유엔인지 유언인지 유은을 했다면서 옆에서 치고 나온다
미안하다

막내 때문에 말에 김이 빠져서

뭐 먹을 것 없나

누군가 준 엿을 빨 때

막내, 나도 먹고 싶은데 아까 했던 일이 걸려서 침만 삼킨
다

시계의 초침이 별시리 똑딱 똑딱 거릴 쯤이다

잘 들어라 이번 이야기는 무섭다면 무섭고 많이 무섭다면

오줌 싼다 밤에 자다가 꿈에도 나타난다

미리 얘기하는데 다들 괜찮나

누군가 무서운 건 괜찮은데 재미만 있으면 된다고

가까운 파도소리보다 12시 사이렌 소리가 더 크게 지나간
다

얘기 도중에 질문은 안 받는다

방안의 아이들은 절반으로 줄어들고 얘기는 이어진다

아부지는 이런 유언을 남겼다

내가 죽거든 나의 목을 베어 큰 바위산 중턱 표시한 곳에

갖다 놓아라

아부지는 삼형제에게 말했다

그 중 한 아들만이 눈물을 흘리며 불효의 용서를 빌었고
그렇게 한다고 하였다
그 말을 들으신 아부지는 돌아가시고 마지막 7일째 한밤
갑자기 거센 빗줄기가 쏟아지고 고양이 울음까지 야옹 야옹
두 아들은 눈을 부릅뜨고 아부지와 한 아들을 지켰다
그때다

잠깐

Ⅲ 이 대목에서 질문을 던지겠다
부모님이 돌아가시면 왜 병풍을 거꾸로 치는가
계속해라
병풍이 뭐 중요 하노
내 정나 좀 갔다 올 동안에 생각 좀 해봐라

묵호의 자화상

●

금파호 뱃고동소리 울릉도행
스피커 구슬픈 옛 노래 바람에 날린다
긴 줄 누리끼리한 보따리에는 다들 무엇이 들어있나

대한통운 화물선 검은 석탄 실을 적
높은 곳 오징어
낮은 곳 노가리
담벼락 철조망엔 나이롱 고기를 말린다
금강산 앞 바다 명태잡이선 연락이 없고
어판장 반공 궐기대회 인파는 다들 어디로 갔는가

모진 혹한기 동삼삭
한밤 전기 끊기니 기름도 없는 남폿불 심지 돋워
얽힌 그물 다듬질로 밤 세던 어머니
당장 먹을 곡식이 없다
식은 명탯국에 손이 간다

아득타 초록봉 정상, 우리에게 따스한 봄은 있으련
그날에 서서 묻노니
묵호의 자화상
안
묵호여

구룡포

●

I
종일 뙤약볕에서 황소와 산비탈 밭고랑을 일군 할배는
고구마로 저녁을 떼웠고 소꼬리를 잡으러 뛰어 다닌
손주는 고구마밥으로 저녁을 떼웠다
할배와 손주
그런 할배가 손주에게 저녁마다 하는 얘기가 있으니
구룡
오늘은 구룡에서 마지막 남은 용의 전설을 듣는 날이다

얕은 물결
투명한 모래
바다 속 조개는 진주를 만들어 어미 상어보다 작고
예쁜 인어에게 주었다
그녀는 햇빛의 반짝거림, 파도의 무늬, 청색의 낙원을
진주에 담아 먼 대양을 향하여 유영하기 시작하였다

고래는 하프선 같이 속내를 보이며 프랑크톤을 토해냈다

육지는 달랐다
어디 쯤 일까
몇 산 넘은 기적소리
거무튀튀 육중한 몸, 철로의 화차가 수증기를 거칠게 내뿜
는다
허기진 심신은 수증기 김서리로 달렸고 계절은 천초와 미
역줄기, 과메기를 주었다
몇 해 넘은 기적소리
영일만은 포스코를 만들었다

항구의 밤
물결은 소금 볕 같은 아싹함을 속삭이며
항구의 밤
불빛은 이방인처럼 낯선 얼굴로 다가선다

II
아버지는 이상하였다
가족 생계로 구한 땟거리를 가가호호 나누고 언제나 빈 손
이었다
새들아 너도 먹어라
힘이 있어야 날 수 있다

우리는 풀칠이라도 할 것이 있지 않는가

지금의 나로서는 아버지의 후예이기에 부족함이 많아
당신의 깊이를 모른다
힘든 시대고의 발자취

수학여행을 다녀온 형
선물꾸러미를 푼다
신라의 밤이 익어간다
희밀꾸리한 플라스틱 필통과 연필 그리고 노트 속에 자그
마한 다보탑
꼭 껴안았다 이불 속에서

삼촌이 보였다
현해탄을 건너간 용바우 삼촌의 전설
용은 용이기를 거부치 않았기에 열도를 거친 비구름으로
몰아 세웠다며
나에게 여의주를 주었다

하물며
호미곶의 용
아버지 虎串龍(호곶용)은 말하여 무엇하리

환골탈태

●

어느 댁네 초가지붕 뒷 처마에 볼그스레한 모습의 녀석
색연필이 나타낼 수 없는 그 무엇의 컬러리스트
그 색깔은 여지껏 없었다
남산에 기우는 달도 보고 사각사각 이웃 댓닢 사연도 듣고
바람은 사시사철 안부를 전하여도 내 기별은 다음과 같다

어언 놈은 꽁치다

꽁지가 위로
다 들어도
다 보아도
다 없네
환골탈태(換骨奪胎)다
껍데기는 껍데기요
본적은 경상북도 포항시 남구 구룡포읍 대륙붕 35해리 범위
학명은 북태평양 꽁치과 구룡포산 과메기라
크기 굵기 나머지는 대략 중략 생략한 다음

1년이 12달 365일이라 처음 알았고
거래의 주고받음에 황색 빛 종이도 눈여겨 두었다
지푸라기 한 두름
탁배기 한 주전자
한 묶음 실파와 돌미역에 호남 신안군 증도 김을 곁들인
초고추장 바로
이 맛
목울대를 타고 내려간다

까아악
쥑인다

엇
입맛 다실 어가
옆에 같이 자시던 이 보이지 않는다 상황 끝 이어 야단법
석

무등산(無等山)

●

인간계 견줄 산(山), 산이 있다면 어디 한번 나와 봐라
없다
있을 진대 등이라
무유 등등 (無有 等等)
오르고
올라도
산은 없고 등만 있을 뿐

인간계 견줄 등(等), 등이 있다면 지금 당장 나와 봐라
없다
있을 진대 산이라
무유 산산 (無有 山山)
오르고
올라도
등은 없고 산만 있을 뿐

무엇

끝없는 등, 무등등 (無等等)
끝없는 산, 무산산 (無山山) 있었으니
인간계 견줄 등이, 산이 있다 없다 함부로 말하지 마라
거만스럽다
낮추어라

더   더 더 더더더

그러나
있다

등
무등
무등(無等)
어머님 등

산
무산
무산(無山)
어머님 산
무등산

낙타(駱駝)

●

낙타의뜻으로글을적고낙타의마음으로노래하다
더넓은초원의말과나와는다르다나를아는가낙타

네가 죽느냐 내가 죽느냐 우리는 어떻게 살아가나
달 아래
대지 위
사막 한 가운데
우리는 어떻게 살아가나
살아야 되는데
살아야 되는데
너도 살고 나도 살아 왔던 것이 한 곬 길 우리의 몫 이었다

네가 사느냐 너의 새끼가 사느냐 지금이 그 때, 그 때이다
무조건 살아남아야만 된다
낙타
나 또한 너의 어미 낙타가 아니었더냐

나 역시 너와 똑 같았다 너 스스로 너를 낳아라
누구
너
낙타의 싦

저기다
물이 있고
종려나무가 있는 곳으로 가서 새끼를 낳으면 좋으련만
극과 극의 땅이다
어미가 되는 것은 너 스스로가 너의 새끼를 낳는 것부터다
나도 그러하였다
너도 할 수 있다
현실은 걷는 것, 이것이 삶이다, 저기로 가거라

압구정 4번 출구

●

할머니 콩나물을 판다
압구정 전철역 4번 출구
사는 이 없는 밤늦은 시간

학교를 끝낸 여학생
아니 할머니
여기는 아니에요
콩나물 팔리는 곳으로 가서야 되는데

어떻게 하나
안 되겠다
가방에 용돈 잡힌 손 다 털어
할머니 거친 손 전해드리니

이것은 아니다
쑥스런 할머니

인사가 서툴고 말이 어눌 흐리다
학
상
부끄러운 마음 돌아서는데
누군가 등을 다독인다 누굴까
고개를 돌렸다

아버지

터널

●

I
나는 아직도 나의 얼굴을 못 보았소, 팔품사로 인하여
부사는 아직 이고 주어는 일인칭
동사는 못 보았소 이며
전치사
모두가 생성하였기에 언어의 터널에 얽히어진
굉음의 조건들을 인류의 길 앞에 모두 늘어놓았다

접속사
좌충우돌 밀폐된 벽을 두들기어 본다
발로 찬다
역시 대기는 탁하고 답답하다
계속 굉음이 터진다 명사이다

긴 시간 부숴진다
담을 수 없는 표현의 자유어 형용사
아, 어, 으, 윽, 욱, 윙, 횡 튕기어 철퍼덕 까무러치고

서로 부딪쳐 내동댕이치니 감탄사 되다

이때다
어이 씨
한 인물 한다는 대명사 어찌 가만히 보고만 있겠는가
이 길
누가 만들었나
명사는 뒤로 빠져라
진작 저 길로 갔더라면 늦더라도 훨씬 더 나을 것을
추슬러라
터널의 통과가 바로 코앞이다

그러나

II
대서소(代書所)
문맥이 너무 고리 타분해 별것도 아닌 것을
뭐가 그다지 대단하다고 거창하게 인류까지 들먹이며
의도하는 것이 무엇인지 도대체 모르겠소
다시 작성하오
좋소

알았소
팔품사고 터널이고 나발이고 대필이고 간에 그만하오
한마디만 적고 끝내겠소
해보오
쓰겠소

요는
그놈에 것
그놈의 터널 때문에
아직도 나는 나의 얼굴을 못 보았소, 됐소
인류의 대명사는 동사의 변명
주어는 부재
아래와 같음

사(死)를 역리한 이 장본인은 사회관계를 져버리고
어리석게 또 파문을 일으켰다
도구를 들었다
팔품사 언어로 터널을 뚫는다
굉음이 들린다
인류다

아직도 나는 나의 얼굴을 못 보았소

제 **7** 장

국제학

빨간 염소

●

도와주세요
도와주세요
염소를 보내야 됩니다
아프리카로 빨간 염소를 보내야 합니다
죽어가고 있는 어린아이를 꼭 살려야 됩니다
도와주세요

먹지 못하여 사경을 헤매고 있다는 아프리카

일단은 가보자
전철 표찰구 맞은편에서 예쁘장하게 생긴 자원봉사 여학
생이 어찌 나만
끝까지 예의 주시하는 느낌을 준다
갔다

질문을 던졌다

왜 하필이면 무엇 때문에 염소를 보냅니까
염소는 빠른 환경 적응과 뛰어난 번식력으로 젖과 모직물
을 제공 한답니다
고개를 끄덕였다
맞네
확실하게 잘 아시네
염소는 종이도 담배도 먹지요
네
염소와 나와는 사촌입니다
양띠구나
맞으시죠
그 와중 서로 웃는다

또 물었다
아프리카만 갑니까
저기 북쪽 아이도 돕나요
국내외 기아에 허덕이는 아이들에게 모든 것을 초월하여
돕고 있답니다
아
그래요

그러면
염소가 대충 어느 정도 갑니까
좋다
바지에 손을 찔러 본다
있구나
됐다

너 이리로 좀 와봐라
양은 염소를 불렀다

너만 믿는다
엠메에
부디 살려라
엠메에
빨리 가거라
엠메에 엠메에

아프리카

●

길게도
길게
드리우는 너의 이름은 아프리카, 황금의 아프리카
태고로부터 신은 어찌하여 너 아프리카를 저주 하는가
무지
무지
금모래 용 솟음 치는 그 날 우리는 울었다
너의 배고픔에

아프리카
너의 친구는 고독과 사막 그리고 낙타
그들로 인하여 검은 대륙은 배를 채운다
밤마다 울부짖는 너의 몸부림
비로소
대륙에 비 내리고 어미 아비가 비를 먹고
때를 벗긴다

거울을 본다
무지는 무지이기에 그렇게도 아름다운가
야윈 너의 아트만은 왜 그리도 고귀한가
비치었다
흘깃
거울
비침을 뚫은 사자후가 일직선 맹위를 떨치며 달겨들었다
깨어졌다
움찔
홰를 들었다
지혜를 밝혔다
태워라
저주, 저주의 신
무지, 무지의 신
무명
한 점 재마저 남김없이 태워라

이것
태고 전 네가 숨겨 놓은 것, 아프리카의 예지(叡智)가 아
니더냐
그리고

보라

네가 딛고 있는 너의 땅에 너

기대한 대륙에 찬연히 빛나고 있는 위대한 자연의 소산물

금빛

금빛임을

무수히

거두어라

거두어라

인류의 초유지 아프리카

성스런 예지의 아프리카

영원히 존재하라

영원히 사랑하리

아프리카

아프리카여

안데스 산맥의 기억

●

인디오 처희

퉁소를 분다
내용은 모르나 경쾌함에 내재된
허전함이 엿보인다
커다란 라피도
그날을 선회하고
속 깊은 골짜기 물 흐름
옛 모습 그대로

누더기 퇴색 산
얼룩덜룩한 옷이 걸쳐져 있다
누가
듣도 보도 못한 이들로 인하여
한때
우리의 기억은

1

2

3

4

5

6

7

8

이었으나

0

일순간

이것마저 잃었다

누가

인디오 처희

지중해 연안에서

●

Ⅰ
보랏빛 해안선이 펼쳐지고 코르시카 낙원을 실은 돛배는
파도를 가르며 섬을 떠났다
바람
물결
마냥 거세고 이다지 높건만 사랑이 투영된 바다 속은 본래
의 모습 그대로 형형색색 물고기들과 베도라치류가 노닐
고 해초의 작은 색체는 잔잔한 흔들림으로 어류를 섬섬히
맞는다

인류
희망
만남
그 다음은 무엇인가
기다려라
그리스 여인아

가고 있다
구름 위 하늘을 우러러 나는 역뇌성을 내 깔렸다 사랑이라고

II
미항
낭트에르테
붉은 채양이 낯익은 3층 테라스
카페테리아
재즈의 선율이 타 오른다

비너스
미와 사랑의 후예
그리스 여인은 신들의 도시 아테네를 뒤로하고 화려한 색
조로 돛배의 사랑을 찾아서 두꺼운 올리브 나무, 사랑의
계단을 오른다
지중해의 지중해
사랑이 펼쳐지는 여기 돛배의 항해를 위하여 그리스의 여
인은 잘 표박된 바이킹의 배를 힘껏 노 저어본다

커피로 입술을 적신다
나의 돛배

나의 연인

나의 사랑

모든 것이 실제임에 미소를 짓고 오래된 벽체의 빠르지도

늦지도 않는 낡은 시계를 쳐다본다

III

돛배

거친 마운틴만을 지날 무렵

여인은 파르테논신전을 향하여 두 손을 모은다

여신의 곁에서만이 모든 존재가 있다고

IV

이때

햇살이 비쳐든다

언뜻 보인다

희미한 점

뭍

육지가

그토록 찾고자 했던 대지가 겨우 한 점에 불과한 것인가

그러나

화사한 그리스 여인의 얼굴만 크게 보일 뿐

V
돛배
서넛 갈매기 낮은 흐름을 타고 낭트에르테 등대를 지나치
며 들어온다
기항지다
이를 본 여인
사랑의 높은 손짓

우리는 이렇게 존재하지 않는가
영원한 인류

우리는 이렇게 기다리지 않는가
영원한 희망

우리는 이렇게 아름답지 않는가
영원한 만남

그리스 여인
올리브 나무, 사랑의 계단을 뛰쳐 내려간다
햇빛은 머릿결에 머물고 옅은 향의 머플러에 바람이 스치
운다

나의 돛배
나의 연인
나의 사랑
지중해에 닻을 내리다

지금
가슴 맞닿은 밤 하늘가
별들은 저리도 촘촘이
우리의 사랑을 신들의 밀어로 수 놓을까
아
아
아
우파니샤드

나는 아시아 다

●

아시아
아시아는 조화다
조화는 자비다
자비의 모체는 나다
나는 아시아 다

그때 나는 방황과 혼돈의 지배와 무지의 굴레에서 허무를
연상케 하였다
가깝고도 먼 이웃들로 인하여
그러나 나는 신을 만들지 않았다
자연에 순응하며 약하지도 강하지도 않은 현명함으로
그러나 역사의 초점은 일순간 흐름에 반하는 기록으로 나
를 버리려 했다
그들은 무수한 것을 요구하였고 그들만의 강함과 표현의
의미로 나를 불러들였다
또 다른 지시와 강요는 유린으로 이어졌다

인간으로서 행치 못할 일을 감행한 그들 이웃
나는 일관된 내면으로 오히려 그들을 감싸 안았다
그들은 자체의 모순으로 붕괴되어 돌아가던 날, 그때도 그
들을 감싸 안았다
순수히

아시아는 인간적이다
고전에 의한 인본을 일깨웠다
지수화풍(地水火風) 4대가 있어 뜨거운 인간애 마저도 자
연으로 돌아감을 우주의 상생으로 익히 알았으니 무궁히
펼쳐지는 정신적 세계의 고고(孤苦)함과 지고지순(至高至
純)한 이상에 이것을 현실로 접목시켜 일깨웠다
아시아가 있었기에 위대한 만물의 근원소인 지수화풍을
찾아냈다

나는 풀 한포기, 돌멩이 하나, 한 마리의 개미, 무심결에
스쳐가는 바람, 지금 숨 쉬고 있는 나의 공간까지도 소중
한 인연으로 여기며 자연 속에서 삼라만상의 대우주를 보
아왔고 나의 체험된 바는 이미 거룩한 선조의 심원한 학문
과 예술의 총체 속에 녹아 있다는 것을 알았다
그 깊이와 폭은 무수한 발전으로 이어졌다
이러한 유산이 아시아에는 유유히 내재해 흐르고 있다

정신에 따른 예술적 가치는 머지않아 꽃을 피우고 열매를
맺으며 씨앗을 통하여 끊임없이 이어지게 된다

아시아는 무시무종(無始無終)이다
아시아는 큰 어미 소 같이 나를 키우고 살찌운다

아시아는 있고 없음의 모든 것을 나에게 다 주었다

배우고 있다
베품의 생애
이것은 나뿐만 아니라 누구에게나 동등하게 주어지는 아
시아의 평등한 조건이다
아시아는 이웃과 사랑을 다시 베품으로 나누는 것이다
아시아를 있게 하는 조건이다 그래서 나는 아시아를 위해
무엇인가를 하여야 한다

아시아
아시아는
미래인류의 젖줄, 아시아는 나의 모태, 아시아는 나의 삶

나는 아시아 다
아시아

공간의 점 하나에서

●

우주의 빅뱅은 왜 일어났을까
인류를 위함이다 나를 위함이다

만물의 영장류인 나
서커스를 하듯 아슬아슬하게 자기 삶에 죽어라 악다구니
를 다하며 살아가는 사회적 동물 나 그런 나는, 선각의 발
자취를 남긴 인류와 함께 무무한 공간의 점 하나에서
(티끌보다도 작고 더 작은 현미경 속 같은 곳, 죄 없는 지
구라고 칭한 곳에서) 밝으면 아침이고 어두우면 밤으로
생각하는 흑백의 갈대

지금도 70억 이성은 나와 함께 망각하는 기계, 마찰에 의
한 마모와 멈춤을 잊은 체 본의 아니게 저 나름의 단순 강
함에 목적 아닌 의도를 두고 인간미 없는 생의 톱니바퀴에
칼라를 입히고 있다
그것 뿐이랴

유독 잘난 것 엄청 많은 것 같은 나는 불순한 이기심으로 시대를 그릇되게 물들이려는 인간이다 오직 이 인간만이 평화, 사랑, 무한의 대자비를 감히 욕되이 빌려 나의 것으로 표명한 후 전개에 급급 몰입하던 바,
돌연 요사스런 극본 자작극을 만들어 쫓고 쫓기다가 갑자기 돌아서서 이제는 수지타산이 맞는지 컴퓨터를 두들기며 급기야 헷갈리듯 고개를 내리 저으며 힘없이 주저앉고 만다
그 잘난 인간 두뇌력의 위력, 한계
나 만물의 영장류가 아니다

아니다
이놈을 잡아라
성스럽고 영원불멸의 완전체
있다
잡아라
이놈이 진정, 만물의 영장이며 위대한 인간이다
이놈을 잡아라
공간의 점 하나에서
나 뒤의 나
나 뒤의 나
나 뒤의 나

묻힘과 보존

흐름의 다큐

역사적 고증

근거를 입증, 제시하였다

천만년 대지 속으로 귀착이 좋으련만

까탈스런 인간의 정을

기억한 무리들로 인하여

제 8 장

역사학

역사, 스승의 자비,
인류의 대 자유여

●

풀 한포기, 한모금의 물, 그런 것도 있었던가
사치
사치의 농간이다

언뜻 언뜻 보이는 쪽빛 하늘
윗 산산
윗 겹겹의 산맥
윗 첩첩의 삶에
끝없이 이어지는 모랫벌의 함성 인간주검의 회오리
저 소리

인간
과학 앞에 넋을 잃고
철학 종교 앞에 도태와 회피를 능사로 택하였다
인간

인간으로서
인간의 소리를
단 한번만이라도 달래어 본 적 있었던가
들어보라
잠재워라
염화에 작열을 가하는 쇳물이 폐부에 닿고서야
누구인가
나는
멀었다

거짓의 신을 만들고 진실의 신을 해하는 썩디 썩은
인간의 두뇌를 일깨워 줄 진리를 철견한 적 있는가

없다
없었다

추스려라
늦지는 않다

일체 것 구할 것 이것 이었다

지금, 역사 앞에 통곡하라
지금, 스승 앞에 통곡하라
지금, 자유 앞에 통곡하라

역사, 스승의 자비는 인류에게 대 자유를 주었다

그러나
그러나
그러나

일체 것 구할 것 무엇 없었다

한반도(韓半島)

●

으하하하 웃기지 마라
어찌 한반도라 하는가
하늘이 인증하고 지구의 역사가 살아있다

뼈에 새기듯 잘 기억해 두라
꼭 말이 필요한가
한반도라니
그 큰 중원천지 어디다 두고서
일축
던지겠다

보았는가
백척간두에서 진일보의 때를 기다리는 무리
밤이면 불이 뚝뚝 떨어지는 눈빛으로
삼천리 금수강산 준령 준령마다 호랑이 등뼈가 꿈틀댄다
서역 만주벌 울릉 독도 한라 이어도 무인도 휘저어
황해 관문 거쳐 심장을 무구히 지키는 무리들

한 때 이것도 부족하여
북극에 머리를 인도양에 간담을 두었고
우측으로 인디안 잉카
좌측으로 구라파 아불리가
사지가 멀쩡하여 그 뜻에 양 수족이 펼쳐진 적 있었다
지금도
남극의 찬기가 매섭게 온몸을 후리치고 있다
대장부 기개

알고 있는가
동방에 인간적 한 민족이 있다
지구의 축에서 고른 맥박이 쉼 없이 뛰고 있는 겨레
일찍이 하늘과의 관계를 중시 여겨왔던 겨레
외침의 한을 눈물과 정으로 삭혀온 겨레

백척간두의 무리들만이 이 겨레를 알고 있다
이제 불가능이 없는 나라임을

기이 도래되었다
시대가 열리었다
정중히 맞이하라

예를 갖추고
백척간두의 뜻이다 하늘의 예술을 뭇 5대 6주에 유감없이
펼처라
다 표하라

그릇에 모양이 있으면 아무것도 담을 수가 없다 표할 수가
없다
탕탕평평
다 담아라
땅은 적을 지라도 인물이 많으니 그깟 중원벌이 문제랴
다 찾아라
이것 뿐 이다
그리하어
하늘을 섬겼다

소용돌이, 돌부리 부딪쳐도 5,000년 유유히 흐르고 있다
엽전, 비록 가볍다할지라도 엽전이 무거우면 히말라야산
과 같다

그만하자
그치겠다

화려한 민족 + 화려한 존함 = 화려한 후손

●

인삼뿔구지 쑥 마늘 산야초 해초 푸욱 다려 늘 튼튼한 민족
가히 수려한 모습에 인간 됨됨이가 훌륭도 하다

생애(生涯)
　희비극은 없다
　민족의 시로 우주를 노래하니 인류를 위한 길에 극이
　있을까 보냐
　사랑을 나누었다

순리(順理)
　생명체를 아끼다
　나보다 낮은 이를 살피니 결코 인간본연의 자세를 잃지
　않았다
　실천을 행하였다

기여(寄與)

지푸라기에 불을 지피었다
연기 속 끈기에 끈기
은근한 각고
으레
용광로가 무엇이랴
불굴의 정신
화려한 태양을 삼켰다
그 뜻 우주적 신(神)의 작품을 만들다
무궁 창창 인류에게 지대히 증(贈)하다, 빼어남이다

이것, 화려한 민족의 고유적 씨앗, 생애이며
이것, 화려한 존함의 정체성 뿌리, 순리이며
이것, 화려한 후손의 결정체 열매, 기여이다

기실
이것은 누구이던가

고생했다

지금은 무엇을 함인가
대한국인의 거룩한 후손들아 미래세를 통찰하여 화려함
을 깊게 지닐 지어이다

꺼지지 않는 불

●

공간의점하나에서
한편의드라마를보다
비오는날광화문에서의퍼포먼스

사랑하는이여
그대는어떤옷을입고있는가지금
그야말로예술적인간학이다

그러나
인류의역사는한치의오차도없이
무대없는리허설에모순의창조뿐

라스트씬이다
다시지피어라

타오르는불
꺼지지않는불
화려한사막의오아시스는어디뇨

외침

•

기미년 3월1일
대한 독립만세 소리는 도화선이 타 들어가듯 충청도 고을
에도 울려 퍼졌다

태극기를 든 여인과 일본 순사

대한독립만세를 끊임없이 외쳐대자 이를 본 일본 순사는
태극기를 든 여인의 손목을 베어 버렸다
여인은 고통을 삼킨 채 남은 손으로 태극기를 잡고 계속
대한독립만세를 외치자 일본순사는 여인의 남은 한 손마
저 가차 없이 베어 버렸다

모든 것이 끝난 줄 알았던 일본 순사
더 큰 목소리로 대한독립만세를 외치는 여인

혼줄이 나간 일본순사는 불가함을 알고,

박달나무노 같은 조선 여인 왜 대한이노 독립 만세를 계속
이노 외쳐대므니까
사시나무 떨 듯 물었다

듣거라
대한독립만세가 계속 목에서 나오는 것을 나로서는 막을
방법이 없다

잘 듣거라
똑똑히 기억 해 두라
나의 피는 상처로 치유되지만
너의 피는 악행으로 역사에 남을 것이다
하늘은 알고 있다

베트남 전장터

●

옷을 벗었다
알몸이다
형의 짓이다
처음 본다
장내가 술렁인다
미쳤다고들 욕을 한다
손가락 짓으로 도덕을 말하며 수군거린다
형을 죽여야 하는가
얼마나 갑갑하였을까
·

생존이다
·

1969년 베트남전장터
보병 소총수였던 형은 수색 중대에 배속되어
소수의 병력으로 적의 정황을 탐색 분석
고도의 전술을 요하는 임무를 수행하던 날

부득이 개활지를 통과 할 무렵
바로 앞에 가던
봄이면 고향에 찔레꽃이 만발한다는 전우가
지뢰를 밟았다
순식간
산산이 갈가리 형체도 없이 사라진
그 뿐 아니었다
동시다발 형을 겨냥한 무수한 살상의 알갱이들이
형의 생존을 가로막았다
하늘은 도왔다
형이 살았다
피범벅이 된 형의 옷과 전우의 군번
.
이어진 그 후
.
2015년 서울
형은 집을 나섰다
네가 있는 곳 한 겨울에도 찔레꽃이 만발하는 전우의 곁
회상에 잠긴다
수통에 짱박은 술을 권하고 받은 잔 삼키니 피의 눈물
꺼이

꺼이
말이 넘어 오지 않는다

시대의 희생이 남긴, 그날의 피 묻은
찔레꽃이 그려진 옷
형
어제 그 옷이 입고 싶었던 것이다

아우야
차라리
이 형이 그 때 갔더라면 사나이 가슴 회한도 없을 것을

형
옷을 벗다
아우
옷을 벗다

박물관 유물을 보며

●

문힘과 보존
흐름의 다큐
역사적 고증
근거를 입증, 제시하였다
천만년 대지 속으로 귀착이 좋으련만
까탈스런 인간 정을 기억한 무리들로 반응으로
붓질
호호
입김 불어 넣고도 깨질라
있는 그대로의 촛점
가지런히 놓으니 불빛 속에 뭔가가 다가온다
나
이게 뭘까
이렇게 이쁘게
모르고 모질게

만나서 반가워

이웃
그날을 함께 한 과거의 이웃을 만나고 있다

인류사(人類史),
과거를 이해하다
이해를 번역
번역을 설명
통역을 해석
설명을 분석
분석을 판단
판단을 해설
해설을 조사
조사를 기록
기록은 역사
역사는 미래
미래는 지금이다

자연사(自然史),
인간을 용서하라
이토록 살아왔다
나
이웃

박물관 정서

●

까탈 까탈이 갖은 노략질로 어쩌면 세글자도 길다
유탈 차라리 두자로 하는 것이 훨씬 낫겠다
강탈 거탈 겁탈 경탈 공탈 광탈 교탈
늑탈
도탈
모탈
백탈
수탈
약탈 양탈 어탈 억탈
점탈 종탈 집탈
창탈 취탈 치탈 침탈
폭탈 표탈 피탈 핍탈
확탈 횡탈 협탈
일탈 된 사회적 동물아 너희 정서에 이것이 가당
행탈 이 여히 하더냐
면탈 의 기회가 왔다 드디어 때가 때이니 만큼
초탈 의 여유를 보여라 그간 한 밑천 잡았음을
탈탈 25탈을 탈탈탈 털어서 너의 문화가 아님은
환탈 후 깨끗이 내 놓아라

지탈

멘탈 붕괴로 물론 어렵겠지 수천 수백 수십년간

선탈 된 수장고에 남모를 정이 깊숙이 베였으니

허탈 내지 허망도 하겠지 이점이 바로 정 지름길

뒤탈

등탈 은 가까운 날 졸지 후탈로 속출하니 길길이

병탈 이 아니겠는가

귀탈

눈탈

몸탈

속탈

심탈

혼탈

국탈

이탈 된 사회적 동물아 문제가 길면 길수록 의외로

삭탈 의 답은 간명한 법

핍탈 로 한밑천 잡고서도

변탈 마저 하였으니 참회불문 동인류로서 인간성을

박탈 하고 동물적 동물로 등재함이 인류사를 위한

무탈,

답답도 할사

천탈(天奪)이 아니겠느냐

명태

●

산모퉁이 휘몰아 내리 쳐대는 눈발에
전봇대
윙
윙
울고
저만치 비치다 보이다 스치다
등대의 불빛 속
소리가 뚜우 뚜우 뚜우 더 깊다

다닥 딱 다닥
다닥 딱 다닥
명태가 부딪쳐야만 되는 질곡의 변명
이유
이와 같음
이유
인간이 생존해야만 되는 사랑의 조건

주었다
이웃집 아지매 젖을 먹인다
받다
이웃집 갓아이 젖을 먹는다

단기 4,288년
산모퉁이 휘몰아 내리 쳐대는 눈발에

금성표 트랜지스터 라듸오

●

Ⅰ
아버님 새벽에 라듸오 방송을 듣는다
중앙관상대 기상예보다
소련 캄챠가 반도에 고기압이 제주도 저기압과 백령도 파
랑 주의보 날씨 기타 등등 건강까지 챙겨주는 정확한 정보
에 통보관이 고맙기만 하다
그 후
뚜 뚜 뚜 6시
생생하고 또렷한 목소리
미국의 소리
이광제 아나운서
고국에 계시는 동포 여러분 안녕 하십니까 여기는 미국의
수도 와싱톤입니다
전날 미국 전역에 일어났던 주요 사건 사고
참 이제 보면 그런 날도 있었구나 싶다

Ⅱ

아부지
전체적인 공기의 분위기도 실쩍 봐 가면서
녀석이 하는 말
아부지, 저어 일등 했어요
녀석은 약간의 미소와 어정쩡한 표정으로 성적표를 내밀었다

그래 한번 보자
와 하하하 바로 이거야 그래 그래 바로 이거다
그래
우리는 河家니까
마음껏 웃자
하 하 하
수고했다 고맙다 악수 한번 하자 등더리 두들겨 주고 뭐 필요
한 것 있나 끝까지 열심히 잘 해 봐라 끝까지 가서 허준 대학
쉬바이져 대학 아님 약대 화이팅 우리
아부지 역시 우리 아버님 존경해
우리 아부지는 저런 분이야
화끈해

그 성격에 그렇게 나와야 되는데
웬 걸

대책없이
야 이눔아
공부하는 학생의 본분에 그깟 마땅 당 자에 할 위 자 당위
가 아니냐
당위(當爲)
학생의 본분
됐다
알았다
가거라
뭐 그게 자랑이가 자랑할 것이 그렇게도 없나
옆에 집사람 한국상업은행댁 부인 무뚝뚝한 머슴아 욱하
는 성질머리 참 가관이라

III
더 어릴적
아부지와 아들
산을 한번 그려 봐라
웅
아주 자신 있게 큰 도화지 가득 자로 잰 듯한 삼각형에 녹
색만 칠한 다음 내 밀었다
녹색 산

어이없어
알았다
현대그룹 장학금 받을라나
지금도 어디 찾아보면 나올 거야 그 그림

그 이후, 녀석 생각에 피아노 사온 날 잘 보고 있거라 했거
늘 퇴근 후 보니 흠집이 나 있었다
엎드려 뻗쳐
솔직 담백한 성격에 한번 아니다 하면 그게 끝이야
부자지간 성격이 같거늘
나중에 말하기를, 소리가 나는 이유 분석 차 분해 조립 하
다가 흠집이 났다나
여동생 보는 앞에서 폼을 잡아가며 자신 있게 분해 조립에
그깟 흠집은 별것도 아니라고

IV
그전 더 어릴 적
말을 한필 선사 했다
잠잘 때도 꺼안고 좋아라 하며 겨울철 눈이라도 오는 날이
면 집 앞에 물매가 있어 말을 타고 신나게 내려오는 그 재
미에 옆집 누나들과 함께 소리를 지르며

아빠 난 말이 좋아 최고 좋아
그래 잘 타라

한번은 말에 박차를 가하다 핸들 조작 미숙으로 옆집 담벼
락 앞 전봇대와 박치기 그것도 턱 밑을 찢기어 꼬맸다고
하기에 사내아 클러면 그럴 수도 있다 괜찮네
며칠 후 그놈 말 타기 재시도 이번에는
눈길 빙판을 내려가다 몸체 중심이 뒤틀려 집 축담 모서리
돌에 찢기었는데 저번 찢기어진 턱밑에 기존 상처 아물 무
렵 확대 찢어진 것이다 아픔은 뭐 자질러졌겠지
알았다
그 말 갔고 와라
아미고
말이여
아듀스,
포 에버 (친구여 가다오, 영원히)
말 모가지를 자르다

V
드디어 대학 8학기 차

저 혼자 밥도 안 먹고 분주히 이력서 내더니만 그해 겨울
날 오후 음악실로 찾아와,
아부지 저어 금성표 전자에 합격 했습니다
녀석의 목소리에 자신감이 실려 있던 날
나는 목이 메었다
한참 후
욕봤다, 잘 됐다, 고맙다, 알았다, 가봐라

VI
마크가 선명한 금성표 라듸오에 아버님의 목소리가 들리
었다
못난
종내기 지금 무얼 하고 있냐
당위
아버님
아버님을 부르다

인류가 인류이기에 찾아낸
만유의 수치

●

고작 인류가 찾아낸 수치 0
에게게 찾고 보니 별것도 아니다 그냥 없으면 쬐께 불편할
정도로 여기면서 없는 것보다는 낫겠지

워워워 날씨도 꿀무리하고 냠냠냠도 해야하니 물물교환
을 빨리 하자며 버버 버벅거리다가 다음에 또 보자는 눈시
늉으로 웃으며 겉시늉으로 헤어진다

빗살무늬 토기에 풀씨 가득 담고
움막으로 들어가니
바위에 새긴 여럿마리 물고기가 보인다

그 인류 그날 밤 식음을 전폐하고 생각을 꺼내어 0를 살펴
본다
버버

버버
앞날에 0의 펼쳐짐은 고작이 아니다
고작이라니

인류가 인류이기에 찾아낸 만유의 수치 0
만유의 단초를 낱낱이 까발리니 형상, 크기, 위치가 시공
을 넘나든다 0
마이너스에 노예처럼 일하였고 플러스에 정복자의 꿈을
이루려 함인가 0

왜
그날
베토벤은 운명을
고흐는 귀를
푸시킨은 결투를
무엇 때문에

왜
그날
대작은 빗속에 옷을 홀렁 벗고 우이동에서 소를 탔으며
중광은 다 그린 멋진 선화에 된장 한줌을 던졌을까

진랑은 개성을 고집하며 한양 길을 두고 돌고 돌아갔으며
간송은 부귀를 마다하고 민족의 유산을 끝내 지켰을까
무엇 때문에

네가 없다면 인간이 추구하는 답 없으리
인류 생존의 시원한 암시다

질서의 수치 0, 멋이요
절대의 평등 0, 맛이요
무한 포용의 0, 우주다

생의 찬미

●

살아볼만하다, 인생
포기치 말라, 절대희망

하늘은 우리에게 태양과 달로 낮과 밤을 똑같이 주었고 저
기 산과 강은 우리의 아름다운 이웃들이다
그곳에 개미와 새의 삶이 있다
그들의 삶과 우리의 삶은 같다

비켜라
나의 길은 내가 간다, 아무도 나를 버리진 않았다, 뼈를 깎
는 고통만큼의 숙성된 가치가 삶에서 주어진다, 힘들고 어
려움은 누구나 다 똑같이 겪는 것

나를 괴롭히는 자, 그는 나보다 더 행복한가, 오죽 못났으
면 나를 괴롭히는가

제발
숨어서 움츠려 살지 말고, 참고 견디며 조금만 넓게 보고,
실답지 않은 마음 과감히 떨치고, 나보다 더 어렵고 힘든
차마, 죽지 못해 살아가는 나의 이웃을 보라
오히려 이들을 위하여 도움 아닌 기도를 해보라
길거리, 들녘, 어둠의 산속에서 먹이도 없이 맹추위에 떨
며 생명의 위협까지 받고 있는 존재들을 생각해보라

가엾지 않은가
가슴과 뼈가 저려오지 않는가
생명이 있는 것은 모두 존귀하다
나를 수시로 일깨우라

나를 죽이려고 했는이가 나의 스승이다

돌이켜
돌이켜
한 마음

살아볼만하다, 인생
포기치 말라, 절대희망

모습 없는 존재
(모순의 창조가 삶이더냐 막을 내리다)

•

I

1973년 3월 1일 벗, 최장락의 선물을 받다
특별시 종로2가 YMCA앞 종로서적에서 샀다며 내민
박영사 간행본 새 고등현대문 조인영 저
40년이 지난 지금에도 보고 있다 그날의 약속 때가 되면
글을 펴보리라고

책, 낡고 닳아 부서러지며 퇴색 되어도 짙은 향은,
목숨을 부지하라는 어머님의 젖 내음 같았고
각인된 문체는 아버님의 강한 매질이시다
이점 벗이 있었기에
의리는 추억이 되고 이별은 사랑으로 기억한다
세상에서 가장 아름다운 것은 이별을 가장 아름답게 하는
것이다

한편의 인간적 가설극 원님 네 퍼포먼스는 끝났다

종로 4,19도서관과 동국대 신성현 교수님, 팩트올 이재우 기자에게 감사를 드리며
재경 강원 묵호고 동문회 홍순정 상임 고문님의 쾌유를 빌어본다
끝으로
아꼈던
김석영 군의 뜻을 고개 숙여 가슴속 깊이 불변히 새긴다

II
도서, 섭렵 후 글, 문장(文章)이 되고
피땀이 엉킨 글, 불후작(不朽作)을 빚는다
하늘의 신화(神話), 인간 글과 다름이 있었던가

여기 한 문외한이 여염 규수댁 담벼락을 타넘고서 훔침과 욕됨의 짓을 가하였다
탈출의 여백
항변적 인간
모순의 창조가 삶이더냐
공간의 점 하나에서,

공간과 인간

●

공간
너가 뭐냐
점들이 놓인다
선이다

공간
너가 뭐냐
선들의 완성
입체다

공간
너가 뭐냐
만든 이 사랑
흔적이다

사랑

흔적

공간 아니다
모든 것은 일시적이다, 무(無)
항시 깨어 있어라
너 스스로가 너의 스승이 되어라

해인사(海印寺)

●

한민족(韓民族) 참 정기(精氣) 생존(生存), 지존(至尊)

으뜸 지(地)

큰 스승 법어(法語)

무궁(無窮)한 자취

나 비웠다

다 찾았다

나 없구나

인류(人類)는 하나

이 뭐꼬

중생(衆生)

이 뭐꼬

해탈(解脫)

우주(宇宙)의 대가람(大伽藍) 해인사(海印寺)

화엄법계(華嚴法界)
한 글자 한 마음
부처되어
팔만법고(八萬法鼓), 삼천대천세계(三千大天世界)
울릴 제
위없는 진리
쾌활(快闊) 끝없다
쾌활(快闊) 쾌활(快闊) 가없다

사유(思惟)하라
중생(衆生)의 해탈(解脫)이 우주의 해탈(解脫),
인간(人間)이 인간(人間)이다

이뭐꼬 : 시심마(是甚麼)
해탈의 지름길에 한 방편으로 이것이 무엇인가 약어, 참선에 우선 한다
해탈(解脫)
뭇 인류가 궁극적으로 추구하는 바를 막힘없이 모두 성취시키는 것

하진규(河振奎) 스리랑카 국립pali불교대학교에서 불교사회철학을 전공. 의약품영업과 건축사 사무실을 거쳐 박물관유물연출에 따른 마케팅 및 도서관 시설콘텐츠와 인간과 신발에 관한 일을 했으며 현재 거시적 한국음악 노하우편을 작곡하고 있다.

공감에 묻다 모습 없는 존재

초판 1쇄 인쇄   2015년 02월 17일
1쇄 발행   2015년 03월 10일

지은이	하진규
발행인	이용길
발행처	모아북스 MOABOOKS
관리	정윤
디자인	이룸
출판등록번호	제 10-1857호
등록일자	1999. 11. 15
등록된 곳	경기도 고양시 일산동구 호수로(백석동) 358-25 동문타워 2차 519호
대표 전화	0505-627-9784
팩스	031-902-5236
홈페이지	www.moabooks.com
이메일	moabooks@hanmail.net
ISBN	979-11-86165-76-8 03810